우리가 정말 알아야 할 우리 고전

# 토끼전

**우리가 정말 알아야 할 우리 고전 기획 위원**

고운기 | 한양대학교 문화콘텐츠학과 교수
김현양 | 명지대학교 방목기초교육대학 교수
정환국 | 동국대학교 국어국문학과 교수
조현설 | 서울대학교 국어국문학과 교수

우리가 정말 알아야 할 우리 고전

# 토끼전

초판 1쇄 발행 | 2015년 3월 31일

글 | 김성재
그림 | 백대승
펴낸이 | 조미현

편집주간 | 김현림
책임편집 | 박은희
디자인 | 디자인 나비

펴낸곳 | (주)현암사
등록 | 1951년 12월 24일 · 제10-126호
주소 | 121-839 서울시 마포구 동교로12안길 35
전화 | 365-5051 · 팩스 | 313-2729
전자우편 | editor@hyeonamsa.com
홈페이지 | www.hyeonamsa.com

글 ⓒ 김성재 2015
그림 ⓒ 백대승 2015
ISBN 978-89-323-1735-9 03810

우리가 정말 알아야 할 우리 고전

# 토끼전

글 김성재 | 그림 백대승

현암사

# 우리 고전 읽기의 즐거움

　문학 작품은 사회와 삶과 가치관을 총체적으로 담고 있는 문화의 창고이다. 때로는 이야기로, 때로는 노래로, 혹은 다른 형식으로 갖가지 삶의 모습과 다양한 가치를 전해 주며, 읽는 이에게 기쁨과 위안을 주는 것이 문학의 힘이다.

　고전 문학 작품은 우선 시기적으로 오래된 작품을 말한다. 그러므로 낡은 이야기일 수 있다. 그러나 그 속에 담긴 가치와 의미는 결코 낡은 것이 아니다. 시대가 바뀌고 독자가 달라져도 고전이라는 이름으로 여전히 많은 사람에게 읽히는 작품 속에는 인간 삶의 본질을 꿰뚫는 근본적인 가치가 담겨 있다. 그것은 시대에 따라 퇴색되거나 민족이 다르다고 하여 외면될 수 있는 일시적이고 지역적인 것이 아니다. 시대와 민족의 벽을 넘어 사람이면 누구나 공감할 수 있는 보편적이고 세계적인 것이다. 그렇기 때문에 우리가 톨스토이나 셰익스피어 작품에서 감동을 받고, 심청전을 각색한 오페라가 미국 무대에서 갈채를 받을 수

도 있다.

우리 고전은 당연히 우리 민족이 살아온 궤적을 담고 있다. 그 속에 우리의 지난 역사가 있고 생활이 있고 문화와 가치관이 있다. 타인에게 관대하고 자신에게 엄격한 공동체 의식, 선비 문화 속에 녹아 있던 자연 친화 의지, 강자에게 비굴하지 않고 고난에 굴복하지 않는 당당하고 끈질긴 생명력, 고달픈 삶을 해학으로 풀어내며, 서러운 약자에게는 아름다운 결말을 만들어 주는 넉넉함…….

사람과 사람, 사람과 자연의 '어울림'을 중요하게 생각했던 우리의 가치관은 생활 속에 그대로 녹아서 문학 작품에 표현되었다. 우리 고전 문학 작품에는 역사가 기록하지 않은 서민의 일상이 사실적으로 전개되며 우리의 토속 문화와 생활, 언어, 습속이 구체적으로 드러난다. 작품 속 인물들이 사는 방식, 그들이 구사하는 말, 그들의 생활 도구와 의식주 모든 것이 우리의 피 속에 지금도 녹아 흐르고 있음이 분명하지만 우리 의식에서는 이미 잊힌 것들이다.

그것은 분명 우리 것이되 우리에게 낯설다. 고전을 읽음으로써 우리는

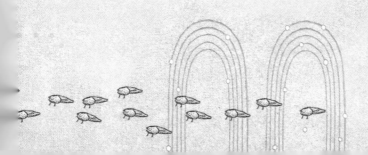

일상에서 벗어나 그 낯선 세계를 체험하는 기쁨을 얻게 된다. 몰랐던 것을 새롭게 아는 것이 아니라 잊었던 것을 되찾는 신선함이다. 처음 가는 장소에서 언젠가 본 듯한 느낌을 받을 때의 그 어리둥절한 생소함, 바로 그 신선한 충동을 우리 고전 작품은 우리에게 안겨 준다. 거기에는 일상을 벗어났으되 나의 뿌리를 이탈하지 않았다는 안도감까지 함께 있다. 그것은 남의 나라 고전이 아닌 우리 고전에서만 받을 수 있는 선물이다.

우리 고전을 읽어야 한다는 데는 이미 많은 사람이 공감한다. 고전 읽기를 통해서 내가 한국인임을 자각하고, 한국인이 어떻게 살아왔으며, 어떻게 살아가야 할지 알게 하는 문화의 힘을 느낄 수 있다.

하지만 고전은 지난 시대의 언어로 쓰인 까닭에 지금 우리가, 우리의 청소년이 읽으려면 지금의 언어로 고쳐 쓰는 작업이 반드시 선행되어야 한다. 우리가 쉽게 접하는 세계의 고전 작품도 그 나라 사람들이 시대마다 새롭게 고쳐 쓰는 작업을 거듭한 결과물이다. 우리는 그런 작업에서 많이 늦은 것이 사실이다. 이제라도 우리 고전을 새롭게 고쳐 쓰는 작업을 할 수 있는 것은 우리의 문화 역량이 여기에 이르렀다는 방증이다.

현재 우리가 겪는 수많은 갈등과 문제를 극복할 해결의 실마리를 고전 속에서 찾을 수 있다고 확신하면서 우리 고전을 지금의 언어로 고쳐 쓰는 작업을 시작한다. 이 작업은 여기에서 멈추지 않고 앞으로도 시대에 맞추어 꾸준히 계속될 것이다. 또 고전을 읽는 데서 끝나지 않을 것이다. 우리 고전은 우리의 독자적 상상력의 원천으로서, 요즘 시대의 화두가 된 '문화 콘텐츠'의 발판이 되어 새로운 형식, 새로운 작품으로 끝없이 재생산되리라고 믿는다.

'우리가 정말 알아야 할 우리 고전'을 기획하면서 우리는 다음과 같은 몇 가지 원칙을 세웠다.

먼저 작품 선정에서 한글·한문 작품을 가리지 않고, 초·중·고 교과서에 수록된 작품을 우선하되 새롭게 발굴한 것, 지금의 우리에게도 의미 있고 재미있는 작품을 포함시키기로 하였다.

그와 함께 각 작품의 전공 학자들이 적극적으로 참여하여 판본 선정과 내용 고증에 최대한 정성을 쏟았다. 아울러 원전의 내용과 언어 감각을 훼손하지 않으면서도 글맛을 살리기 위해 여러 차례 윤문을 거쳤다.

마지막으로 시각 효과를 높이기 위해 내용에 맞는 그림을 곁들였다. 그림만으로도 전체 작품의 흐름을 알 수 있도록 화가와 필자가 협의하여 그림 내용을 구성했으며, 색다른 그림 구성을 위해 화가와 사진작가를 영입하기도 하였다.


경험은 지혜로운 스승이다. 지난 시간 속에는 수많은 경험이 농축된 거대한 지혜의 바다가 출렁이고 있다. 고전은 그 바다에 떠 있는 배라고 할 수 있다.

자, 이제 고전이라는 배를 타고 시간 여행을 떠나 보자. 우리의 여행은 과거에서 출발하여 앞으로 미래로 쉼 없이 흘러갈 것이며, 더 넓은 세계에서 더 많은 사람을 만나며 끝없이 또 다른 영역을 개척해 갈 것이다.

우리가 정말 알아야 할 우리 고전

기획 위원

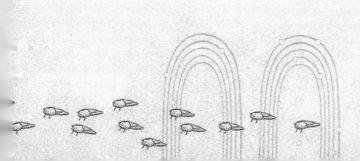

# 차례

우리 고전 읽기의 즐거움 · 4

용왕님 병에는 토끼 간이 있어야 · 12

좌승상 거북이와 우승상 잉어의 집안 자랑 · 22

서로에게 책임을 미루며 싸우는 문신과 무신 · 26

주부 자라가 토끼 간을 구하는 책임을 맡다 · 32

산속에서 남생이를 만나다 · 39

산속 동물들의 회의 · 46

자라가 토끼를 유혹하다 · 56

토끼와 자라의 밀고 당기기 • 63

말리는 여우를 떼어 내고 바다로 들어가다 • 69

자라에게 속은 토끼, 다시 용왕을 속이다 • 77

자라도 말문이 막히고 토끼는 목숨을 건지다 • 85

토끼가 잔치 받고 수궁 신하들을 맘껏 희롱하다 • 90

다시 자라 등에 타고 육지로 나오다 • 95

자라는 용궁으로 가고 토끼는 산으로 돌아가다 • 100


작품 해설  구토龜兎 설화에서 소설이 되기까지 • 105

# 용왕님 병에는
## 토끼 간이 있어야

옛날 오랜 옛날에 임금님들이 각각 자기 나라의 백성을 다스린 것처럼 물속 나라에는 용왕님들이 있어서 동서남북의 각 바다를 나누어 다스렸다. 동쪽 바다의 용왕은 광덕왕廣德王, 서쪽 바다의 용왕은 광윤왕廣潤王, 남쪽 바다의 용왕은 광리왕廣利王, 북쪽 바다의 용왕은 광택왕廣澤王이다. 고려 말기쯤 되는 때의 일이다. 남쪽 바다를 다스리는 광리왕이 바다 속에 영덕전이라는 새 궁궐을 지었다.

궁궐이 완성되자 좋은 날을 잡아 동쪽 바다, 서쪽 바다, 북쪽 바다를 다스리는 용왕님들을 초대하여 큰 잔치를 벌였다. 둥둥 북소리에 맞추어 피리를 연주하고 아름다운 노래가 어우러진다. 흥겨운 분위기 속에 상 위에는 바다에서 나는 진기한 음식과 좋은 술이 가득하고 신선들이 만든 신묘한 알약까지 차려 있다. 모두가 신이 나서 음악을 즐기고 서

로서로 음식을 권하며 시간 가는 줄도 모른 채 마음껏 노느라 며칠이
지나서야 겨우 잔치가 끝났다.

그런데 아뿔싸, 놀아도 너무 놀았나 보다. 잔치가 끝난 뒤에 용왕님
이 그만 병이 났다. 자리에 누워 용의 울음소리를 내며 끙끙 앓는데 아
무리 치료를 해도 소용이 없고 며칠이 지나도록 자리에서 일어나지 못
한 채 앓기만 한다.

수궁의 벼슬아치들이 정성을 다해 간호하며 물속에서 나는 온갖 약
을 골고루 다 써 보지만 도무지 효과가 없다.

술을 너무 많이 마셔서 술병이 났는가 걱정되어 물을 마시게 했지만
소용이 없다.

기운이 달려서 그러신가 하여 기운을 북돋워 주는 데 특효약인 해구
신을 먹여 보아도 효과가 없다.

폐결핵이 아닐까 하여 결핵에 좋다는 풍천장어를 먹여도 차도가 없
고, 배탈이 났나 하여 붕어를 써 보아도 듣지 않는다.

온갖 약을 다 써 보고 아무리 정성껏 간호해도 도무지 나을 기미가
없이 병은 점점 깊어만 간다. 온 나라가 허둥지둥 서두르지만 할 수 있
는 일이 없다. 이제 남은 것이라곤 하늘에 비는 수밖에 없다.

"용왕님을 살려 주세요."

"용왕님을 살려 주세요."

모두가 한마음이 되어 빌고 또 빌었다.

그러던 어느 날 정성이 하늘에 닿았는지 기적 같은 일이 일어났다.
오색구름이 용궁을 뒤덮더니 구름 속에서 그윽한 목소리가 들리며 향

굿한 냄새가 사방에 가득 퍼진다. 이윽고 구름을 헤치고 신선 한 사람이 용궁으로 들어오는데 모습이며 차림새가 예사롭지 않다. 하늘하늘 안개 같은 푸른 옷에 달 같은 노리개를 차고 한 손에는 하얀 깃털 부채를 들었다.

신선은 가벼운 몸놀림으로 사뿐히 마루로 올라와 용왕님 앞에서 절을 하고는 옷자락을 가지런히 여미고 단정히 앉는다. 용왕이 아픈 중에도 그 모습을 보고 깜짝 놀라서 공손히 묻는다.

"하늘에 계신 신선이 이 외지고 초라한 곳까지 찾아와 주시니 참으로 감사합니다. 과인이 병이 나서 움직이지 못하는 터라 미처 나가서 마중하지 못했습니다. 예의를 모른다고 나무라지나 말아 주십시오."

"은하수에 뗏목을 띄우고 장건張騫(신선의 이름)과 뱃놀이를 하고 있는데 여동빈呂洞賓(신선의 이름)이 창오산蒼梧山에서 놀자고 편지를 보내 왔기에 그리로 가는 길입니다. 그런데 오다가 대왕께서 몸조리를 잘못하여 여러 날 동안 고생하고 계신다는 말을 듣고 들렀습니다. 저에게 특별한 재주는 없지만 병세가 어떤지 들어 보고 싶습니다."

신선의 대답을 듣고 용왕이 화들짝 반기며 설명한다.

"어쩌다 얻은 병이 뼛속까지 깊이 파고들었나 봅니다. 좋다는 약은 다 써 봤지만 아무 효과가 없어서 이제 죽을 수밖에 없다고 각오하고 있었답니다. 그런데 옥황상제께서 은혜를 베풀어서 의술이 뛰어난 신선을 보내 주셨군요. 부디 자세히 살펴보시고 좋은 약을 알려 주십시오."

신선은 양쪽 소매를 걷어 올리고 가만히 손을 들어 용왕의 몸을 여기

저기 만져 보고, 다시 뒤로 조금 물러나서 얼굴빛을 자세히 살펴본다. 그런 다음 한참 동안 말없이 생각에 잠겨 있다가 이윽고 입을 열어 용왕에게 말했다.

"대왕의 귀한 몸은 사람과는 다릅니다. 사람이라면 배 속에 있는 병이라도 손목의 맥을 짚어 보면 다 알 수 있습니다. 하지만 대왕의 귀한 몸에 든 병은 제가 어찌 짐작이나 하겠습니까. 눈빛이 초롱초롱 맑은데도 돌이나 바위 같은 사물을 보지 못하고, 머리 위에는 두 개의 뿔이 높이 솟아 있어 뿔로 소리를 듣습니다. 턱 밑에는 역린逆鱗이라고 부르는 거꾸로 난 비늘이 있어서 화가 나면 일어서고, 입에는 여의주如意珠를 머금고 있어서 마음대로 조화를 부릴 수 있습니다. 몸을 작게 만들면 연못 속에 잠길 수도 있고 변화를 부리면 하늘에도 올라갈 수 있지요. 또 용맹을 떨치면 태산을 부수고 큰 바다를 뒤집을 수도 있습니다. 구름과 안개를 호위병처럼 거느리며 천둥 같은 소리로 호령을 하시지요. 이런 몸과 이런 기상을 가진 대왕이 깊은 병에 걸렸으니 인간에게 쓰는 침이나 약으로는 고칠 수가 없습니다. 『황제소문黃帝素問』과 『의학입문醫學入門』이란 책에는 사람에게 생기는 모든 병의 치료 방법이 기록되어 있지만 대왕의 병은 그중에 없답니다. 오랜 옛날 신농씨神農氏란 사람이 삼백 가지 풀을 맛보고 온갖 병에 맞는 약초를 찾아내었지만 대왕에게 맞는 약은 없습니다. 비늘이 단단하니 침이 들어갈 리 없고, 불에 익힌 음식을 안 드시니 탕약도 드실 수가 없지요. 병세를 자세히 살펴보고 이치를 곰곰이 따져 보니 천년 묵은 토끼 간이 있어야 고칠 수 있겠습니다."

용왕은 부쩍 궁금하다.

"토끼 간이 어떤 물건이기에 약이 된다고 하십니까?"

"토끼는 십이지지 가운데 동쪽을 맡은 동물이지요. 새벽닭이 울고 아침 햇살이 비칠 때 해의 기운을 받아먹고, 달나라에 들어가서 계수나무 아래서 불로장생약을 찧을 적에 달의 기운을 받아먹습니다. 해와 달의 정기를 골고루 받아서 그 기운이 간을 튼튼하게 하지요. 토끼는 특히 눈이 밝아서 별명을 '눈이 밝다'는 뜻의 명시明視라고 한답니다. 한의학에서 눈은 몸속의 장기 중에 간과 연결된다고 하니 눈이 밝은 것은 간이 튼튼하다는 증거이지요. 그러므로 토끼 간이 좋은 약이 되는 것입니다. 토끼 간을 잡수시면 당장 병환이 나을 뿐 아니라 오래오래 건강하게 살 수 있지만 토끼 간을 구하지 못하면 아무리 훌륭한 의사라도 대왕의 병을 고칠 수 없습니다. 그러니 무슨 수를 써서라도 꼭 토끼 간을 구하소서. 저는 갈 길이 바빠서 이만 물러가겠습니다."

신선은 말을 마치자마자 곧바로 자리에서 일어났다. 문밖으로 나가자마자 순식간에 모습이 사라지고 공중에서 맑은 피리 소리만 들려왔다.

용왕이 생각하니 이것 참 큰일이다. 토끼는 인간 세상에 사는 짐승이다. 용왕의 재주가 아무리 신통하고 용맹이 아무리 대단해도 어디까지나 물속의 왕이다. 육지의 산속에 사는 토끼 간은 쉽게 구할 수 있는 물건이 아니다.

고민하던 용왕이 이윽고 명령을 내렸다.

"신하들을 모두 불러들여라."

임금의 명령이 떨어지면 신발 신을 새도 없이 즉시 달려와야 하는 것이 신하의 도리이다. 용왕의 명령이 내린 마당에 누가 감히 머뭇거리겠는가, 온 수궁이 떠들썩하며 신하들이 풀풀 뛰어서 달려들어 온다.

전설을 보면 오랜 옛날에 용이 하늘에서 상서로운 기운을 내려 주었으므로 용의 이름을 따서 벼슬 이름을 지었다고 한다. 그처럼 용궁의 벼슬 이름도 아주 오랜 옛날에 생긴 것이라서 우리나라와는 사뭇 다르다. 좌승상 거북이, 우승상 잉어, 이부상서 농어, 호부상서 방어, 예부상서 문어, 병부상서 숭어, 형부상서 준어, 공부상서 민어, 한림학사 깔따구, 간의대부 모치, 백의정승 쏘가리, 금자광록대부 금치, 은청광록대부 은어, 대원수 고래, 대사마 곤어, 용양장군 이무기, 호위장군 장어, 표기장군 벌덕게, 유격장군 새우, 합장군 조개, 참군 메기, 주부 자라, 청주자사 청어, 서주자사 서대, 연주자사 연어, 주천태수 홍어, 청백리 자손 백어, 탐관오리 자손 오적어, 허리 긴 뱀장어, 수염 긴 대하, 구멍 없는 전복, 배부른 올챙이 떼, 이들이 용궁의 벼슬아치들이다.

원래 신하들이 왕 앞에 올 때는 문관은 문관끼리, 무관은 무관끼리 줄을 맞추어 들어오게 되어 있다. 용궁의 신하들도 예외가 아니다. 문관은 동쪽, 무관은 서쪽에 줄을 지어 벼슬이 가장 높은 신하가 맨 앞에 서고 그 뒤로 벼슬 차례에 따라 주르륵 들어와서 용왕 앞에 엎드린다. 여러 신하가 한꺼번에 들어오면 저마다 옷에서 향수 냄새가 나야 정상이다. 그런데 용궁에서는 비린내가 진동하여 속이 뒤집힐 지경이다.

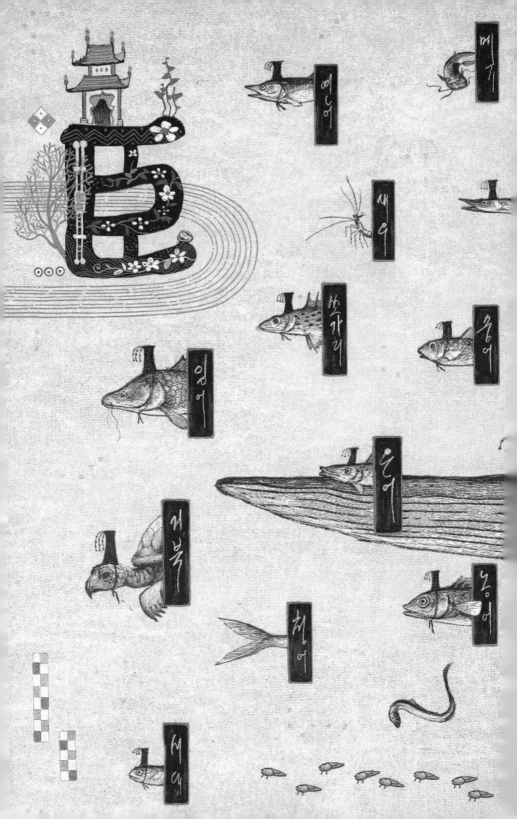

# 좌승상 거북이와
## 우승상 잉어의 집안 자랑

그건 그렇고, 용왕이 죽 엎드린 신하들을 굽어보며 묻는다.

"임금과 신하 사이에 지켜야 할 의리를 경들이 아는가?"

좌승상 거북이가 나서서 대답한다.

"저의 집안은 조상 대대로 신명하기로 유명합니다. 하늘과 땅의 이치를 모르는 것이 없지요. 그렇기 때문에 옛날부터 인간 세상의 훌륭한 임금과 뛰어난 신하들이 모두 우리 선조들의 도움을 받았습니다. 세상이 처음 생겼을 때는 물과 뭍이 구분되지 않아서 비만 오면 온 세상이 물바다로 변해서 사람들이 마음 놓고 살 수가 없었는데 하우씨夏禹氏란 임금이 천하를 아홉 지역으로 나누고 물길을 만들어서 홍수를 막고 백성들을 편안히 살게 해 주었습니다. 그때 낙수洛水(중국의 강 이름)에서 나온 거북이 등에 있는 그림을 보고 그 방법을 알아내었지요. 또 주周나라가 낙양洛陽에 도읍을 정할 때도 거북이 등으로 점을 쳐서 정했습니다. 그 뿐만이 아닙니다. 『서경書經』이란 책을 보면 임금이 천하를 다스릴 때에 의심나는 일이 있으면 거북점을 쳐서 그 결과에 따르라고 하였습니다. 이처럼 저의 선조들이 세운 공을 기록한 역사책이 저의 집에 다 있어서 임금과 신하 사이에 지켜야 할 의리를 자세히 알고 있나이다.”

용왕이 또 묻는다.

“어떻게 해야 충신이 되는고?”

“충신은 임금을 위해서 목숨을 아끼지 않아야 합니다. 옛날에 개자추 介子推는 모시는 주군이 굶주리자 자기 허벅지 살을 베어 먹여서 살려 냈고, 기신紀信이란 사람은 자기 임금을 대신해서 불에 타 죽었습니다.”

개자추는 고대 중국에 있었던 진晉나라의 신하로 진나라 임금의 아들 중 중이重耳라는 사람을 섬겼다. 그런데 진나라에 내분이 일어나 중이가 나라 밖으로 내쫓기게 되었다. 중이는 여러 나라를 떠돌며 망명 생활을 했는데 개자추가 줄곧 따라다니며 모셨다. 어느 날 먹을 게 없어서 굶 어 죽을 지경이 되자 개자추가 자신의 허벅지 살을 베어서 음식을 만들 어 중이에게 주며 고기를 구해 왔다고 했다. 중이는 개자추의 살일 것 이라고는 생각지도 못하고 고기인 줄만 알고 맛있게 먹었다. 그렇게 목 숨을 구한 중이는 나중에 결국 자기 나라로 돌아가 다시 임금 자리에 오를 수 있었다.

기신은 중국 한漢나라를 세운 유방劉邦의 신하이다. 유방이 한나라를 세우기 위해 항우項羽와 힘든 전쟁을 하고 있을 때의 일이다. 한 싸움에 서 항우의 군사들에게 포위당하여 유방의 목숨이 위험하게 되었다. 가만히 있으면 모두 죽을 수밖에 없는 상황이었다. 그때 기신이 꾀를 내어 자기가 유방인 것처럼 꾸며서 항우에게 항복하였다. 그 틈에 유방은 겨우 포위에서 벗어나 달아날 수 있었다. 항우는 뒤늦게 가짜 유방에게 속은 것을 알고 화가 나서 기신을 불에 태워 죽여 버렸다.

이 사람들처럼 임금에게 어려움이 닥치면 무슨 일이든 할 수 있어야 충신이라는 말이다.

거북이의 말을 듣고 용왕이 또 묻는다.

"우리 수궁에도 그런 충신이 있을까?"

우승상 잉어가 둘의 대화를 듣고 생각하니 가만히 있어서는 안 될 것 같다.

'좌승상도 정승이고 나도 정승으로서 둘이 같이 명령을 받고 들어오지 않았는가. 그런데 좌승상은 집안 자랑을 늘어놓고 잔뜩 잘난 척까지 하는데 나만 아무 말도 하지 않으면 체면이 말이 아니지.'

잉어가 썩 나서서 대답한다.

"저의 집안은 옛날부터 학문에 뛰어나다고 알려져 있습니다. 공자孔子의 아들이 리鯉인데 바로 잉어라는 뜻이지요. 또 등용문登龍門이라는 말도 있지 않습니까. 중국의 황하黃河(강 이름) 상류에 용문龍門이라는 데가 있는데 물살이 몹시 거센 곳입니다. 그런데 잉어는 이곳의 거센 물살을 거슬러 올라가서 용이 되지요. 그래서 뛰어난 인재를 뽑는 과거를 등용문이라고 하게 된 것이랍니다. 그뿐인가요, 옛날부터 효자 이야기에는 곧잘 잉어가 나옵니다. 왕상王祥이라는 사람은 이름난 효자였는데, 어머니가 일찍 돌아가시고 계모 밑에서 살았습니다. 어느 날 계모가 살아 있는 물고기가 먹고 싶다고 했지요. 그때는 마침 한겨울이어서 강물이 모두 얼어붙어 물고기를 구할 수가 없었지만 왕상은 포기하지 않고 강의 얼음을 깨고 물고기를 잡으려고 했습니다. 그때 얼음을 깨고 잉어 두 마리가 뛰어올랐답니다. 그 덕분에 왕상은 계모를 잘 모실 수 있었지요. 왕상이 아무리 뛰어난 효자라도 잉어가 아니면 어떻게 어머니를 잘 모셨겠습니까. 저는 지난 역사를 샅샅이 다 알고 있으니 말인데, 평소에는 충신을 알아보기가 어렵습니다. 세찬 바람이 불어야 어떤 풀이 강한지 알 수 있는 것처럼 나라에 어려운 일이 생겨야 진정한 충신을 알 수 있습니다. 평화로울 때에는 모두가 충신인 척하지만 나라에 정말로 큰일이 생기면 충신이 드문 법이지요."

두 신하의 말을 듣고 나서 용왕이 물었다.

"내 병이 깊어서 치료하기가 어렵다. 신선 의원의 말로는 토끼 간을 못 먹으면 죽을 수밖에 없다고 하였다. 누가 토끼를 잡아 와서 내 병을 고쳐 주겠는가?"

공부상서 민어가 냉큼 나서서 여쭙는다.

"토끼라는 짐승이 어떻게 생겼는지 모르지만 역사책을 보면 산속에 산다고 하니 산을 둘러싸고 몰아서 잡을 수밖에 없겠습니다. 날랜 군사 삼천을 내주고 고래 대장을 보내서 잡아 오게 하소서."

# 서로에게 책임을 미루며
## 싸우는 문신과 무신

고래가 들어 보니 화가 난다. 씩씩거리며 나서서 아뢴다.

"육지는 물속과 다른데 물속의 군사가 육지에서 어떻게 싸웁니까. 소견이 저렇게 짧으면서도 문관입네 뻐기면서 좋은 벼슬을 차지하고 조금만 어려운 일이 생기면 무관들에게 떠미니 참 답답합니다. 하긴 배 속에 든 것이라곤 부레풀(민어의 부레를 끓여서 만든 풀. 목기木器를 붙이는 데 많이 쓴다)밖에 없으니 부러진 상다리를 제대로 고칠 생각은 하지 않고 부레풀로 대충 붙이듯이 당장 둘러대기만 하는 게지."

민어는 무안해서 할 말이 없다. 그때 한림학사 깔따구가 입을 연다.

"토끼는 쪼그만 짐승일 뿐입니다. 병환에 특효약이라는데 대왕님의 위엄과 덕망으로 그까짓 거 구하는 게 무슨 걱정이겠습니까. 토끼 몇 마리 바치라고 산속의 임금에게 편지를 보내소서. 당장 편지 초안을 지어서 올리겠습니다."

용왕이 다시 물었다.

"그래, 편지는 그대가 쓴다 치고 누가 산속의 임금에게 갖다 주겠는
가?"

간의대부 모치가 벌덕게를 추천한다.

"그 일에는 표기장군 벌덕게가 딱 맞습니다. 껍질이 단단하고 발이
열 개나 있어서 앞으로도 가고 뒤로도 가며 마음먹은 대로 갈 수 있지
요. 게다가 벌덕게는 고향도 육지입니다. 벌덕게에게 편지를 가져가게
하소서."

그 말을 듣고 벌덕게는 화가 날 대로 나서 말도 나오지 않아 입에서
부글부글 거품만 흘러나온다. 잠시 후 열 개의 발로 엉금엉금 기어 나
와서 말했다.

"수궁에서 벼슬하는 방법은 인간 세상과 달라서 권세가 있다고 해서
할 수 있는 것이 아니고 청탁한다고 되는 것도 아니지요. 오로지 생김
새가 늠름하고 능력이 있어 모든 이가 인정하는 자를 특별히 뽑아서 벼
슬을 줍니다. 농어는 입이 크고 비늘이 자잘한 모습이 아주 잘생겼습니
다. 또 진晋나라 때 장한張翰이란 사람은 고향의 농어회가 그리워서 벼
슬을 그만두고 고향으로 돌아갔고 송宋나라의 시인 소동파蘇東坡도 농어
를 무척 좋아했지요. 이렇게 훌륭한 친구가 많기 때문에 인사권을 가진
이부상서가 되었습니다. 방어魴魚는 '황하의 방어와 낙수의 잉어'라고
하여 옛날부터 대표적인 물고기로 꼽혔습니다. 또 엽전을 보면 바깥은
둥글고 가운데에는 네모난 구멍이 뚫려 있어 천원지방天圓地方이라고 부

르는데 둥근 것은 하늘의 모양을 본뜬 것이고 네모난 것은 땅의 모양을 본뜬 것이지요. 방어의 방鮊 자에 바로 그 천원지방의 방方 자가 붙었기 때문에 경제를 담당하는 호부상서가 되었습니다. 『대학大學』이란 책에서 천하를 다스리고 싶은 사람은 먼저 여덟 가지 조목으로 자신을 수양해야 한다고 했습지요. 문어에게 다리 여덟 개가 있어서 바로 그 여덟 조목과 맞고 또 이름이 글 문文 자이기 때문에 문화 예술을 담당하는 예부상서가 된 것입니다. 숭어[秀魚]는 용맹하여 잘 뛰어오르고 이름에 재기준수才氣俊秀(재주가 몹시 뛰어남)의 수秀 자가 들어가므로 군대를 지휘하는 병부상서가 되었고, 준어俊魚(준치)는 가시가 많아서 먹을 때 조심해야 하고 이름에 용법엄준用法嚴峻(법을 아주 엄격하게 적용함)의 준 자가 들어가므로 형법을 맡은 형부상서가 되었고, 민어民魚는 배 속에 부레풀이 들어 있어서 악기나 가구를 만들 때 나무를 붙이려면 꼭 있어야 하고 이름에 이용만민利用萬民(모든 백성에게 이롭게 쓰임)의 민民 자가 들어가므로 기술 부분을 맡은 공부상서가 되었습니다. 도미는 맛이 좋고 허우대도 좋지만 이름의 첫 글자에 쓰는 한자가 없고 고기 어魚 자도 들어가지 않아서 상서가 되지 못했습니다. 그런데 한림학사 깔따구는 이부상서 농어의 자식이고, 간의대부 모치는 병부상서 숭어의 자식입니다. 이놈들은 아직 젖비린내도 가시지 않았는데 집안의 세력을 등에 업고 좋은 벼슬을 차지하고는 방 안 풍수風水라는 속담처럼 세상 물정은 전혀 모르고 저리 큰소리만 쳐 대고 있는 것입니다. 뭍의 세계는 물속과는 다른데 용왕님이 편지를 보낸다 한들 산을 다스리는 임금이 그 부탁을 들어줄 리 있겠습니까. 자기들이 쓴 편지는 자기들이 갖고 가게 하소서."

무관들이 평소 문관에게 눌려서 기를 펴지 못한 채 속으로만 분을 품고 있다가 이 기회에 속에 있는 말을 시원하게 털어놓은 것이다. 용왕이 들어 보니 무관들의 심정이 불쌍하기도 하지만 이대로 두었다가는 문관과 무관 사이에 큰 싸움이 벌어지게 생겼다.

얼굴을 번쩍 들고 백의정승 쏘가리에게 묻는다.

"한시바삐 토끼 간을 구해야 하는데 문신과 무신이 저리 다투기만 하니 누구를 보내야 할지 모르겠소. 문신 무신을 가리지 말고 보낼 만한 신하를 선생이 추천해 보시오."

재상이 되려면 낮은 자리에서부터 차근차근 승진해서 올라가야 한다. 그러나 학문이나 인품이 특별히 뛰어나서 모두가 존경하는 사람에 대해서는 그런 절차를 따지지 않고 단번에 재상으로 대우하는 일이 있는데 그런 사람을 백의정승이라고 한다.

벼슬을 하다 보면 이런저런 안 좋은 일을 겪고 안 좋은 말을 듣기 마련이다. 쏘가리는 그런 게 싫어서 아예 벼슬할 생각을 버리고 경치 좋은 곳에서 갈매기와 백로를 벗 삼아 한가하게 지내면서 조용히 공부만 하였다. 그래서 수궁의 벼슬아치들은 그를 '강호 선생'이라 부르며 존경하고 무슨 큰일이 있을 때면 초청해서 의견을 물어보곤 하였다. 이렇게 해서 비록 벼슬은 없지만 중요한 나랏일에는 반드시 참여하여 의논하기 때문에 백의정승이 되었다. 이때도 용왕의 병이 위독하여 나라에 어려움이 닥쳤으므로 의논하기 위해 모셔 온 것이다.

"임금보다 신하를 더 잘 아는 사람은 없다고 했으니 대왕께서 보내고 싶은 신하를 말씀해 보십시오. 적임자가 아니면 안 된다고 하겠습니다."

쏘가리의 대답에 용왕은 고민에 빠졌다.

남의 재주를 판단하기는 여간 어려운 일이 아니다. 아무리 훌륭한 지도자라도 사람을 잘못 썼다가 일을 망친 경우가 수도 없이 많다. 요堯임금은 중국 역사에서 가장 훌륭한 왕으로 꼽히는 사람이다. 그런데도 사람을 잘못 써서 홍수를 다스리는 데 실패한 적이 있었다. 또 제갈공명諸葛孔明은 마속馬謖을 장수로 뽑았다가 싸움에서 크게 지고 울면서 마속의 목을 벤 일이 있다. 더구나 지금 용왕은 병까지 걸려서 신하들의 재주를 제대로 판단할 수가 없다. 용왕이 이름을 대는 족족 쏘가리가 안 되는 이유를 말한다.

"합장군 조개는 온몸을 단단한 갑옷으로 감싸고 있으니 조개를 보내면 어떨까?"

"합장군은 진정한 대장부라 보내면 좋겠지요. 그러나 도요새와 원수진 일이 있어서 둘이 싸우다가 어부만 좋은 일 시킬 것입니다."

옛날 조개가 개펄에 나와 껍데기를 벌린 채 햇볕을 쬐고 있을 때 도요새가 날아와 조개의 속살을 물었다. 그 순간 조개가 껍데기를 꽉 오므려 도요새의 부리를 물었다. 그 상태에서 둘은 서로 양보하지 않은 채 버티고 있다가 어부에게 둘 다 잡혔다는 어부지리漁父之利의 고사가 유명하다. 조개가 도요새와 원수졌다는 것은 이 일을 말한다.

"참군 메기는 머리에 구슬로 장식한 모자를 쓰고 네 개의 긴 수염이 있어 생긴 것이 아주 점잖다. 메기를 보내면 어떨까?"

"요새 초피 가루로 물고기 잡는 게 유행입니다. 물고기 죽이는 초피 가루를 돌 틈마다 뿌려 놓으니 민물 근처에는 갈 수가 없지요."

"신하를 후하게 대우하면 충신이 많다고 하였다. 도미는 진작부터 상서가 되고 싶어 했으니 다녀오면 상서로 승진시켜 주기로 하고 보내 볼까?"

"서울에서는 숭어찜에 쑥갓이 제철이고 시골에서는 고사리와 송기松肌가 한창 맛있을 때입니다. 찜 감을 보내는 격이니 잡혀 죽기 십상입니다."

"올챙이는 불룩한 배 속에 큰 포부를 품었지. 보내 보면 어떨까?"

"길이 멀어 한두 달에 돌아올 수 없습니다. 그 사이에 개구리가 되고 나면 올챙이 적 일은 까맣게 잊어버리고 어디로 튈지 알 수 있겠습니까?"

# 주부 자라가 토끼 간을
## 구하는 책임을 맡다

아침부터 시작하여 한낮이 될 때까지 끝도 없이 질문과 대답만 이어질 뿐 좀처럼 결말이 나지 않는다. 그때 한 신하가 나서서 말했다.

"효도는 모든 일의 기본이고 충성은 삼강오륜三綱五倫 중 첫째가는 덕목입니다. 날 때부터 타고나는 것이지 가르친다고 되는 게 아니지요. 춘추시대 초楚나라 충신 굴원屈原은 모함을 받고 쫓겨나 멱라수汨羅水(강 이름)에 빠져 죽었고, 오吳나라의 충신 오자서伍子胥는 죽은 뒤 시신이 절강浙江(강 이름)에 버려졌습니다. 저의 조상이 멱라수에 살았는데 절강으로 장가갔습니다. 할아버지는 굴원의 고기를 먹고 할머니는 오자서의 고기를 먹어서 부부의 배 속에 충신들의 영혼이 잔뜩 들었지요. 그 덕분에 자손들도 배 속에서부터 충성심을 타고나서 저의 집안에는 대대로 충신이 많았습니다. 물속 세상에서는 물론이고 인간 세상에서도 충성이 무엇인지 아는 사람은 저희를 잡아먹는 법이 없고 어부가 잘 모르고 잡아 오면 사다가 물에 풀어 주었으므로 종족이 번성했습니다. 하지만 저희 가문에서는 많은 자손이 벼슬하는 걸 바라지 않고 좋은 자리도 바라지 않았습니다. 그저 주부 벼슬에 만족하며 집안에서 잘난 자손을 골라서 대대로 자리를 물려주어 영원히 대왕을 섬기고 나라에 충성을 다하고자 할 뿐입니다. 제 간을 잡수시고 대왕의 병환이 나을 수만 있다면 당장이라도 빼어 드리겠지만 토끼 간이 아니면 안 된다니 제가 무슨 수를 써서라도 꼭 구해 오겠습니다."

용왕은 물론이고 신하들도 깜짝 놀라 에워싸고 살펴보니 평소 모두가 업신여기던 주부 자라다. 용왕이 미심쩍어서 자세히 물어본다.

"토끼를 잡으려면 물속 세계에서 육지의 산속까지 수만 리 먼 길을 가야 한다. 산을 찾더라도 봉우리와 골짜기가 수도 없이 많을 텐데 어느 산에 토끼가 있는 줄 알고 찾아가겠느냐? 또 산속에는 털 달린 짐승이 수백 종족이나 살 것인데 그중에 토끼를 어떻게 알아내며 운 좋게 토끼를 만나더라도 무슨 수로 데려오겠느냐? 목숨까지 내던질 수 있는 충성심과 제갈공명 같은 지혜가 있어야 하고, 천리마같이 빨리 달리고 토끼털을 셀 수 있을 만큼 눈이 밝아야 할 뿐 아니라 한마디로 천 냥 빚도 갚을 수 있는 말재주에 맨손으로 쇠뿔도 뽑을 수 있는 기운이 있어야 그 노릇을 할 수 있을 게다. 그런데 네 꼴을 보아하니 어디 그럴 수 있겠느냐, 술안주로 자라탕이나 되기 꼭 알맞구나."

"충성심과 지혜와 말재주는 마음속에 있으니 겉모습만 보고는 알 수 없지요. 하지만 생김새를 보더라도 제가 부족할 게 없습니다. 옛날에

과보誇父라는 사람은 태양을 쫓아갈 수 있을 정도로 걸음이 빨랐다고 하는데 그래 봤자 발이 두 개뿐이지만 저는 발이 네 개나 됩니다. 천하 제일가는 장사라도 목을 감추지는 못하는데 저는 목을 넣었다 뺐다 마음대로 변신합니다. 뿐만 아니라 뾰족한 대가리에는 지혜가 가득 찼고, 넙데데한 허리가 열 아름은 되오니 충신의 상징입니다. 콧구멍은 좁아도 생각은 넉넉하고 볼이 퍼지지 않았어도 말재주는 있습니다. 죽는 한이 있어도 기필코 토끼를 잡아 올 테니 토끼 생김새나 자세히 그려 주소서."

자라의 대답을 듣고 용왕이 감탄하며 칭찬한다.

"참으로 충성스럽구나, 둘도 없는 충신이로다."

즉시 화가인 인어를 불러들여서 토끼를 그리라고 명령한다. 인어가 토끼를 그리려고 최고급 벼루에 먹을 갈고 온갖 색깔의 물감을 풀어 놓고 고운 비단을 펼치고 붓을 들었다. 그런데 인어는 물속의 화가라서 토끼는커녕 토끼 그림도 본 적이 없다. 모든 신하가 쩔쩔매며 걱정만 하고 있을 때 전복이 나선다.

"나는 전생에 꿩이어서 산속에서 살았소. 사냥꾼이 쫓아오고 독수리가 날아들어 언제 잡힐지 모르는 위험한 순간에 산속에서 제일 만만한 게 나하고 토끼였소. 둘 중에 하나는 잡혀 죽기 일쑤였소. 나는 날짐승이고 토끼는 길짐승으로 종류는 다르지만 사냥꾼 앞에서는 같은 처지라 서로 돕고 살아서 서로를 생각하는 마음은 특별했소. 아직도 토끼 모습이 눈앞에 아른거리니 내 말대로 그리시오."

이리하여 전복은 일러 주고 인어는 그림을 그린다.

산속을 환히 비추는 밝은 달빛 바라보는 눈을 그리고, 여기저기서 우
짖는 새소리 듣는 귀를 그리고, 봄꽃이 온 산을 수놓을 때 향기 맡는 코
를 그리고, 가을바람에 떨어져 나뒹구는 밤과 도토리 주워 먹는 입을
그리고, 사냥개를 피해서 깡충깡충 달아나는 발을 그리고, 붓 만드는
데 좋은 털을 그린다. 두 귀는 쫑긋, 두 눈은 도리도리, 허리는 잘록,
꼬리는 짤막, 설설 그려 내니 영락없는 토끼 모습이다. 자라가 그림을
받아 목에 넣고 움츠리니 감쪽같다.

자라가 그림을 단단히 간수하고 용왕께 작별 인사를 하니 용왕이 부
탁한다.

"옛날에 진시황秦始皇이 불사약 구하라고 서시徐市를 보냈는데 한번 떠
난 뒤로 영영 돌아오지 않고 진시황은 죽어서 무덤의 흙이 되고 말았으
니 얼마나 불쌍한가. 그대는 세상에 둘도 없는 충신이니 인간 세상에
있는 토끼를 어서 빨리 잡아 오라. 내 병이 나으면 그대에게 땅을 나누
어 주고 자손 대대로 물려주게 하여 은혜를 갚을 것이다. 부디 조심해
서 다녀오너라."

자라가 용왕에게 작별 인사를 하고 집으로 돌아오니 일가친척들이
벌써 소식을 듣고 전송하기 위해서 다 모여 있다.

자라의 어머니가 자라에게 타일렀다.

"네 아버지가 식탐이 많아 낚싯밥을 잘못 무는 바람에 젊은 나이에
세상을 떠났다. 내가 혼자 남아 서러움을 달래 가며 너 하나를 기를 때
불면 날아갈까 쥐면 꺼질까 귀하디귀하게 키웠다. 아침에 나가서 늦도
록 안 돌아오면 문에 기대어 기다리고 저녁에 나가서 밤늦도록 돌아오

지 않으면 동구 밖까지 나가서 기다렸다. 그런 네가 벼슬하여 임금을 섬기다가 임금님 병환을 고치기 위해 약을 구하러 가게 되었구나. 임금에게 걱정할 일을 만들어 주는 것은 신하로서 부끄러운 일이고 임금이 모욕을 당하면 신하는 죽어야 하는 법이다. 지금 네가 하려는 일은 신하로서 당연히 해야 할 일이다. 정성을 다해 약을 구하고, 만일 구하지 못하면 차라리 그곳에서 죽어 뼈를 묻고 돌아올 생각일랑 하지도 말아라. 약도 구하지 못한 채 그냥 돌아온다면 대대로 충성을 바친 조상들의 이름을 더럽힐 것이니, 그런 자식을 어디에 쓰겠느냐."

자라가 대답했다.

"정성을 다해서 약을 구해다가 임금의 병환을 고쳐드리고 어머니 마음도 편하게 해드릴 테니 아무 염려 마십시오."

이어서 자라의 아내가 작별 인사를 하는데, 그 말이 또 법도에 맞다.

"부부는 잠시도 떨어져 지낼 수 없습니다. 하지만 삼강오륜을 말할 때 군신유의君臣有義를 먼저 쓰고 부부유별夫婦有別을 뒤에 쓰니 임금께 충성하는 것이 부부의 정보다 중요하지요. 당신이 임금을 위해 일하다가 죽는다고 해도 나는 한이 없어요. 늙은 어머님은 내가 잘 모시고 어린 자식들도 내가 잘 기를 테니 집안 걱정일랑 하지 말고 토끼만 구해 와서 임금님 병환을 고쳐 드리세요. '채찍 휘둘러 먼 길 떠나면서 어찌 집안일을 걱정하리오'라는 말도 있는 것을 당신이 모르실 리 없겠지요."

"부인 말을 들으니 참으로 충신의 아내답구려. 당신 말대로 할 것이니 어머님 잘 모시고 어린것들 멀리 나가지 못하게 하시오. 세상의 흉측한 놈들이 말굽자라 맛 좋은 줄을 아니 건져다가 삶아 먹을까 걱정이오."

아내와 인사를 마치고 나니 친척들이 차례로 한마디씩 작별 인사를
한다.

"아저씨, 평안히 다녀오세요."

"형님, 잘 다녀오시오."

"조카, 잘 다녀오너라."

"소상강瀟湘江(강 이름) 사위, 수이 다녀오시게."

자라의 처가가 소상강인가 보다.

이종사촌 고둥, 외사촌 소라, 아버지 외가의 아저씨 우렁이, 육지에
서 온 사돈 달팽이, 친척들이 줄줄이 한마디씩 인사를 하는데, 엉뚱하
게도 물개란 놈이 옆에 앉아 있다. 그것을 보고 자라가 물었다.

"너는 여기 왜 왔느냐?"

"집안 조카가 멀리 간다기에 인사하러 왔지."

자라가 화를 내며 묻는다.

"친가, 외가, 처가까지 우리 집 친인척은 모두 내력이 있느니라. 고
둥, 소라, 우렁이까지 우리 친인척은 모두 나처럼 목이 들락날락하기
때문에 촌수가 있는 것이다. 그런데 너는 무슨 상관이 있다고 친척이
라는 것이냐?"

물개가 실실 웃으며 대답했다.

"내 몸에도 들락날락하는 게 있어. 내 아랫도리는 네 목처럼 서면 들
어가고 앉으면 나오지. 그러니까 아저씨뻘인 셈이지."

그 말에 친척들이 미친놈이라고 욕을 하며 물개를 쫓아냈다.

# 산속에서 남생이를 만나다

　자라가 드디어 육지를 향해 길을 떠났다. 물속 나라의 풍경이야 아침 저녁으로 보던 것이라 새삼 신기할 것도 없다. 푸른 물결을 얼른얼른 헤치고 열심히 헤엄쳐서 육지에 다다랐다. 토끼 있는 곳을 찾아서 이 산 저 산 두루 다니는데 봉우리마다 옛날 그곳에 살던 사람의 전설 같은 이야기가 깃들어 있고 골짜기마다 그들의 흔적이 남아 있다.

　세상의 산이란 산은 두루 돌아보며 헤매다가 드디어 한 곳에 이르렀다. 뉘엿뉘엿 해가 지는데 골짜기에서 일어난 안개가 점점 퍼져 산을 뒤덮을 뿐 사방에 아무 기척 없이 고요하기만 하다. 바위틈에 몸을 숨긴 채 혼자 앉아 잠깐 졸고 있는데 어느새 달이 떠서 온 산을 비춘다. 다시 길을 떠나 밤새도록 걷다 보니 봉우리에 아침 해가 비치며 붉은 이내가 일어나고 폭포 소리가 요란하게 울린다.

자라가 잠깐 앉아서 경치를 구경하는데 한 짐승이 아침 이슬에 젖어 온몸에서 물방울을 흘리면서 앞으로 지나간다. 그가 자라를 보더니 먼저 인사를 건네는데, 그냥 평범하게 "어디서 오신 분이시오?" 이러면 될 것을 유식한 체하느라고 굳이 어려운 문자를 써서 "객종하처래客從何處來오?"라고 묻는다.

자라가 자세히 보니 생김새가 자기와 똑 닮았으므로 자기도 일부러 문자를 섞어서 대답한다.

"나로 말할 것 같으면 동역객서역객東亦客西亦客, 동쪽으로 가도 나그네요 서쪽으로 가도 나그네 신세니 정해진 거처가 없소이다만 그대는 뉘시오?"

저것이 대답한다.

"내 이름으로 말하면 본래 사연이 길어서 말로 다 하기 어렵지만 당신의 생긴 모습이 나하고 비슷하니 내력을 말해 주겠소. 우리 선조들은 모두 충신으로 남해 수궁에서 벼슬하며 살았는데, 할아버님께서 올곧은 성품으로 임금에게 바른말을 아뢰다가 소인배들에게 모함을 당해 인간 세계로 귀양을 왔지요. 그 뒤로 영영 고향으로 돌아가지 못하시고 산속에 살면서 바위틈에서 시를 읊으며 지냈답니다. 얼굴빛은 창백하고 몸가짐은 고상한 것을 보고 인간 세상 사람들이 점잖고 단정하여 평범하지 않은 모습이 마치 초나라 충신 굴원 같다고 칭송하였다지요. 호를 지었는데, 남해에서 왔다고 하여 남녘 남南 자 붙이고, 굴원이 지은 『이소경離騷經』 중의 '온 세상이 취했는데 나만 맑은 정신[擧世皆醉我獨醒거세개취아독성]'이란 구절에서 깰 성醒 자를 따다가 붙여서 남성 선생이라고

불렀지요. 그의 아내는 물속 나라에서 남편이 돌아오기만을 기다리고 있었는데, 아무리 기다려도 남편이 돌아오지 않자 남편을 따라 뭍으로 나왔습니다. 그때부터 아주 육지에 터를 잡게 되어 자식 낳고 살았지요. 그 뒤로 자손들이 산속에 살면서 도토리를 주워 먹고 토실토실 살이 올라서 돌 위를 지나가면 나막신을 신은 것 같지요. 가난한 우리 형

편에 자식을 낳을 때마다 일일이 이름을 짓기도 어려워서 조부님 당호를 대대로 그냥 부르니 아들도 남생이 손자도 남생이 그 후로 증손 고손 나까지도 남생이라고 부른다오."

자라가 들어 보니 자기와 같은 종족이다. 한숨을 쉬면서 말한다.

"세상일이란 참으로 알 수 없소. 우리 선조 때에 형제분이 계파가 갈려서 우리 직계 선조 할아버지는 별鼈 자를 써서 별씨파가 되었고, 또 한 형제분은 오鰲 자를 써서 오씨파라 했지요. 글자는 다르지만 뜻은 모두 자라라는 뜻이니 한형제임이 분명합니다. 오씨파 할아버지의 후손 중에 여섯 형제가 있었는데 모두 기운이 천하장사라서 힘을 합쳐 삼신산三神山(신선이 산다는 전설의 산)을 떠받쳤답니다. 이태백과 사이가 좋았는데 그 방계 할아버지가 돌아가셨을 때 이태백이 와서 문상을 하고는 '여섯 마리 자라는 백골이 되었는데[六鰲骨已霜육오골이상] 삼신산은 흘러서 어디로 갔나[三山流安在삼산류안재]'라는 시를 지어 할아버지 돌아가셨단 소식을 널리 전하였지요. 그 시는 지금까지 전해 오지만 우리 수궁에는 그 자손이 없어서 후손이 끊어진 줄만 알았는데 종씨 말씀을 듣고 보니 종씨가 그 자손이시구려. 종씨가 참으로 우리 집 종손이시오."

남생이가 이 말을 듣고 눈물을 펄펄 흘리면서 진심을 다해 말한다.

"본래 같은 조상에게서 태어난 몸인데 물과 뭍에 흩어져 살다가 이제야 만났으니 반갑기 그지없구려. 그는 그렇고 종씨는 무슨 일로 그토록 귀한 몸이 이 먼 길을 오시었소?"

"예, 우리 수궁에 큰 재앙이 닥쳤습니다. 해마다 바닷물이 더러워져서 물속의 종족이 아주 씨가 마를 지경이 되었어요. 그 가련한 상황을 가만히 보고 있을 수만은 없는 일이라 할 수 없이 다른 곳에 궁궐을 새로 지으려고 하는데 수궁에는 집터를 잘 고르는 지관地官이 없어서 딱하지요. 그러던 중 산속에 사는 토끼가 눈이 몹시 밝다는 말을 듣고 수궁으로 모셔 가려고 나왔다오. 그런데 토끼가 어떻게 생겼는지 몰라서 여러 달 동안 이 산 저 산으로 바쁘게 헤매고 다녔지만 지금까지 만나지 못하였소."

남생이가 대답한다.

"산속에 중요한 일이 있으면 털 달린 길짐승들이 모두 모여서 의논을 한다오. 나하고 두꺼비는 몸에 털은 없지만 네 개의 발이 있기 때문에 일이 있을 때마다 모임에 참석한답니다. 그런데 요새 산속에 무슨 일이 생겼는지 이달 십오 일에 낭야산琅琊山에서 모임이 있다고 다람쥐가 소식을 전해 왔습니다. 우리 집에 가서 계시다가 그날 나와 함께 가서 털 달린 짐승들의 모임을 구경하면 산속에 사는 짐승들을 모두 보시고 토끼도 만날 수 있을 것입니다."

듣던 중 반가운 소리다. 자라가 얼씨구나 좋다 하고 남생이 집으로 갔다. 그 소식을 듣고 뭍에 사는 동족들이 찾아왔으므로 그들과도 모두 인사를 나누었다. 동족들은 집집마다 돌아가며 자라를 초대하여 착실히 대접하였다.

# 산속 동물들의 회의

그러는 동안에 드디어 모임 날이 되었다. 자라가 남생이와 함께 낭야산으로 가니 수많은 동물 친구들이 저마다 멋진 털을 자랑하며 줄줄이모여든다. 기린麒麟, 코끼리, 사자, 곰, 원숭이, 호랑이, 사슴, 노루, 토끼, 살쾡이, 여우, 쥐, 다람쥐, 고라니, 너구리, 멧돼지, 오소리, 족제비, 독수리, 두꺼비 등등 산속에 사는 길짐승은 빠짐없이 모인 것 같다.

모두가 모이자 회의를 하기 위해 자리를 정하는데 서로 높은 자리를양보하며 한동안 떠들썩하다. 모든 동물이 기린에게 높은 자리에 앉으라고 권하자 기린이 사양한다.

"나는 이 세상에 사는 동물이 아니지 않소? 성인을 따라다니면서 잠깐 왔다가 금방 떠나는 몸이오. 지금도 동방 군자의 나라에 훌륭한 임금님이 새로 등극했다는 소식을 듣고 잠깐 다녀오려고 한양에 가는 길이오. 그런데 마침 이 산에서 모임이 있다기에 여러분 얼굴이나 보고 가려고 잠깐 들른 것이오. 이렇게 귀한 모임에서 나그네가 어떻게 높은 자리에 앉겠소?"

기린은 지금 동물원에서 볼 수 있는 그 키 큰 기린이 아니고 중국 전설에 나오는 신비로운 동물이다. 나라에 특별히 좋은 일이 있을 때나 아주 훌륭한 사람이 태어날 때 잠깐 모습을 보인다는 상상의 동물이다. 그런데 실수로 안 좋은 때에 모습을 드러내었다가 잡혀 죽은 일도 있었다. 옛날에 공자가 『춘추春秋』라는 역사책을 쓰고 있을 때 기린이 나타났다가 사냥꾼에게 잡혀 죽은 적이 있다. 공자가 그 소식을 듣고 울면서 "어쩌다가 이렇게 안 좋은 시대에 나타나서 허무하게 죽었느냐?"라고 한탄하고는 책 쓰던 것을 중단해 버렸다는 이야기가 유명하다.

산속의 동물들이 기린에게 높은 자리에 앉으라고 권하는 것도 당연한 일이다. 하지만 기린이 끝까지 사양하므로 할 수 없이 왼쪽에 따로 자리를 마련해서 먼저 기린을 앉게 하였다. 그런 다음에 한 무리의 동물이 기린 아래에 차례대로 앉았다. 덩치 크고 힘도 센 코끼리, 사자, 곰이 먼저 앉고 그 밑에 원숭이가 앉았다. 가운데 주인 자리에는 산속의 임금이라고 해서 산군山君이라 불리는 호랑이가 앉고, 그 왼쪽에 사슴, 노루, 토끼, 여우, 살쾡이 등이 주욱 줄을 맞추어 앉았다.

한바탕 소란 끝에 자리가 정해지고 가운데 앉은 호랑이가 고개를 들어 사방을 둘러보는데 '취옹정醉翁亭'이라는 정자의 현판이 눈에 들어온다. 그걸 보고 호랑이가 물었다.

"구양수歐陽脩 그 어른이 우리한테 안 좋은 감정이 있었던가?"

토끼가 물었다.

"어째서 그렇게 말씀하십니까?"

"그분이 쓴 「취옹정기醉翁亭記」라는 글을 보면 '놀던 사람들은 돌아가고 새들만 즐거워한다[遊人去而禽鳥樂유인거이금조락]'라고 해서 새 금禽 자에 새 조鳥 자를 써서 새라는 글자는 두 번이나 쓰면서 우리 네 발 달린 동물을 뜻하는 짐승 수獸 자는 한 번도 안 썼어. 그게 억울해서 하는 말이지."

토끼가 대답한다.

"그건 아마도 앞의 구절과 맞추기 위해서 그랬을 겁니다. 바로 앞에 '오르내리며 우짖는 소리[鳴聲上下명성상하]'라는 말이 있지요. 울 명鳴 자는 새소리를 뜻하는 글자이기 때문에 짐승 수 자를 못 썼겠지요."

그러자 사슴이 볼멘소리를 한다.

"꼭 그렇지도 않아요. 옛날 시에 사슴이 우는 소리를 '유유녹명呦呦鹿鳴'이라고 하여 내 소리에도 울 명 자를 썼어요."

제각기 아는 체를 하며 이러쿵저러쿵 한바탕 떠들어 댄다.

이윽고 호랑이가 오늘 모인 이유를 꺼낸다.

"오늘 모이라고 한 이유는 요새 우리 산속 식구들에게 닥친 위기에 대해서 의논하기 위해서이다. 사람들이 갈수록 무서워져서 우리 짐승을 잡아먹으려고 온갖 꾀를 다 내고 있다. 하지만 산에는 나무도 점점 없어져서 마땅히 숨을 데도 없으므로 불쌍한 우리 짐승들 씨가 마르게 생겼으니 참으로 딱하게 되었다. 그래서 이 모임을 마련하였다. 모두가 한자리에 모여 머리를 맞대고 의논해서 좋은 방법을 찾아보자는 것이다. 어떻게 하면 우리 자신을 보호하고 재앙을 피할 수 있을까? 덩치 큰 짐승이든 작은 짐승이든, 또 늙은이든 젊은이든 상관 말고 좋은 생각이 있으면 툭 털어놓고 말해 보라."

먼저 너구리가 대답한다.

"이 너구리가 평소 몹시 미워하는 놈이 있는데 힘이 없어서 지금까지 아무 말도 못 하고 살았습니다. 그런데 지금 마침 물으시니까 말씀을 드리겠습니다. 세상이 처음 생길 때부터 모든 동물 중에서 사람이 가장 영리하게 태어났습니다. 다른 짐승들은 사람을 위해 생겼다고 해도 지나친 말은 아니지요. 사람이 쉰 살이 넘으면 고기를 먹어야 배가 든든하다는 말도 있는 걸 보면 사람이란 본래 짐승을 잡아먹게 되어 있다는 걸 알 수 있습니다. 그러니까 사람에게 잡혀 죽는 건 억울할 것도 없지요. 하지만 괘씸한 건 사냥개란 놈입니다. 개들은 우리와 똑같이 털 달리고 네 발로 기는 짐승인데 유독 사람에게 빌붙어서 얻어먹고 삽니다. 어차피 사람에게 빌붙었으면 다른 개들처럼 똥이나 주워 먹으면서 도둑이나 지켜도 주인의 은혜는 갚는 셈인데, 이 사냥개란 놈은 사람과 한패가 되어 제 동족을 잡아 죽이는 데 앞잡이 노릇을 하니 기가 막힙니다. 사냥꾼이 산에 들어오면 우리는 걸음아 날 살려라 하고 죽을힘을 다해 달아나지요. 숨이 턱에 차도록 달아나서 간신히 깊은 굴속에 몸을 숨기면 어느새 사냥개란 놈이 쫓아와서 짖어댑니다. 이놈은 냄새 잘 맡는 재주를 이용해서 아무리 깊은 산속 험한 바위틈에 숨어도 기어이 찾아내고 굴속까지 들어와서 우리를 물어 죽이고 맙니다. 더 기가 막힌 건 그렇게 애를 써도 잡은 짐승은 모두 사냥꾼 차지이고 제 놈은 고기

한 점 맛볼 수 없다는 겁니다. 제게는 아무 이익도 없이 동족만 잡아 죽이는 그놈이 바로 사냥개지요. 그러니 산군님, 앞으로는 다른 짐승은 죽이지 말고 세상에 있는 사냥개만 모두 잡아 잡수십시오. 그러면 이 보잘것없는 너구리뿐 아니라 모든 짐승에게 골고루 혜택이 돌아갈 것입니다."

호랑이가 조금 맥 빠진 소리로 대답한다.

"네 말이 옳다. 사냥개란 놈이 하는 짓은 참으로 괘씸하다. 그놈들을 다 잡아먹어 씨를 말리면 네 분도 풀리고 내 배도 부를 것이다. 그러나 이놈들은 제일가는 포수들과 어울려 다니면서 낮에는 앞장을 서고 밤에는 함께 자니 잡아먹기도 쉬운 일이 아니다. 섣불리 물려고 덤비다가는 사냥꾼의 조총 아가리에서 불이 번쩍 일며 총알이 쑥 나오기 십상이다. 그러면 내 신세가 어찌 되겠느냐? 아무리 분하고 원통해도 그놈들을 다 잡아먹을 수는 없는 일이다."

너구리가 시무룩하여 묻는다.

"그럼 사냥개는 제명대로 살도록 내버려 둘 수밖에 없단 말입니까?"

"교활한 토끼가 없어지면 사냥개를 삶아 먹는다는 말도 있지 않더냐? 제 놈도 언젠가는 그렇게 죽을 날이 있을 것이다."

노루가 일어나서 의견을 말한다.

"오늘 산속 식구들이 모두 모이고 모처럼 기린 선생도 오셨는데 음식 대접이라도 해야 하지 않겠습니까?"

호랑이가 노루를 치켜세운다.

"역시 나이 많은 어른이라 예의를 아는구려. 장獐(노루 장) 선생은 이름에 늙을 노老 자가 있으니 저런 말을 먼저 하는구려."

말이 끝나기 무섭게 여우가 썩 나선다.

"다람쥐가 겨울을 나기 위해 밤과 도토리를 많이 모아 두었으니 가져오라고 하소서."

호랑이가 좋다며 가져오라고 분부했다.

다람쥐는 억울한 생각이 들었지만 자리에 모인 동물들이 모두 자기보다는 주먹이 세니 싫다고 할 수도 없다. 잠깐 생각하다가 그중에서자기와 비슷하게 만만한 놈 하나를 골라서 물고 늘어진다.

"쥐에게도 양식이 많을 테니 가져오라고 하소서."

호랑이가 그러라고 하여 쥐와 다람쥐는 애써 주워 모은 양식을 다 갖다 바쳤다. 그것을 여럿이 나눠 먹은 후에 호랑이가 자리를 둘러보며말한다.

"나는 나무 열매를 못 먹으니 뭘 먹으면 좋을까?"

여우가 또 나서서 말한다.

"산군님 그 식성에 웬만한 짐승을 드셔서는 배가 차지 않을 것입니다. 마침 멧돼지의 큰 자식이 어지간히 자라서 지금 잡아 팔려고 하는데 제법 값이 나갈 겁니다. 가져오라고 하소서."

호랑이가 좋아라고 여우를 한껏 치켜세운다.

"호狐(여우 호) 선생이 생각이 깊어서 내 식성을 딱 알아맞히는구려. 자,이리 내 옆으로 와서 앉으시오."

여우가 하하 웃으면서 팔짝팔짝 뛰어가서 호랑이 옆에 썩 앉는다. 멧돼지는 골이 잔뜩 나서 여우를 깨물어 버리고 싶다. 그렇지만 임금 옆에 바짝 붙어 아첨하는 간신배처럼 호랑이 옆에 찰싹 붙어 앉아서 호랑이의 위엄을 등에 업고 있으니 어쩔 수가 없다. 그저 화를 삭이지 못해 사금파리를 입에 넣고 으득으득 깨물면서 씩씩거릴 뿐이다. 멧돼지가 큰 자식을 데려다 바치자 호랑이는 덥석 물어서 두 볼이 미어지게 씹어 먹는다. 그것을 보고 여우가 한껏 자랑을 늘어놓는다.

"자기들이 못나서 남에게 들볶일 걱정을 하는 거지, 나같이 처신하면 무슨 걱정이 있겠어. 남의 무덤 옆에 바짝 붙여서 굴을 파고 들어가 숨어 버리면 무덤에 불을 지를 수도 없으니 사냥꾼이 아무리 나를 잡고 싶어도 잡을 수 없지. 또 쫓겨 달아나다가도 오줌 한 번만 찍 누면 사냥개도 냄새를 찾을 수 없다고. 어디를 가든 제일 높은 자리에 앉은 이의 비위만 잘 맞추면 한평생 아무 힘 안 들이고도 평안하게 살 수 있는데, 그걸 모르고 저리들 걱정이야."

입에 침이 마르게 큰소리를 치며 설치는 꼴이 가관이다. 의리 있는 곰이 보다 못해 나서서 한마디 한다.

"오늘 우리가 모인 건 산속 식구들에게 닥친 위험에서 벗어날 방법을 찾기 위해서였소. 그런데 사냥개는 포수가 무서워서 죽일 방법이 없고 불쌍한 쥐와 다람쥐는 겨우살이 양식만 뺏겼으니 겨울 동안 부모님과 처자식이 굶주리게 되었어. 더구나 권력이 없는 멧돼지는 자식이 잡아 먹히는 것을 앉아서 보고 있으니 그 마음이 얼마나 아플까. 오늘 저녁에 이대로 더 있다가는 또 무슨 재앙을 당할지 알 수가 없네. 섬뜩해서 간사한 저놈의 여우 웃음소리를 더는 못 듣겠다. 이만하고 다들 돌아갑시다."

호랑이는 머쓱해서 대꾸할 말이 없다. 우물쭈물 얼버무려서 모임을 끝내고 일어서는데 여우는 곰이 밉살스러워서 속으로 잔뜩 벼른다.

'저 미련 곰탱이 놈 언젠가는 혼을 내 주고 말겠어. 무슨 이간질을 해서라도 한번은 불벼락을 맞게 하고 말 테다.'

# 자라가 토끼를 유혹하다

산속의 짐승들은 모인 보람도 없이 제각기 자리를 털고 일어서서 돌아간다.

자라는 모임에서 일어나는 일을 모두 보고 들으며 그때까지 남생이 옆에 납작 엎드려 있었다. 마침내 모임이 끝나자 일어나서 돌아가는 토끼 뒤에 바짝 붙어서 따라간다. 한참을 가서 아무도 없는 조용한 곳에 이르렀을 때 나직하게 토끼를 부른다.

"여보시오, 토 생원."

생원은 지방에서 시행하는 과거에 급제한 사람을 말하는데, 나이 많은 선비를 대접하여 이렇게 부르기도 한다.

토끼는 본래 까불거리는 성격인 데다가 몸집까지 작으므로 산속에서 누구도 토끼를 대접해 주지 않았다. 오히려 산속의 동물들은 모두 토끼를 깔보고 무시했다. 토끼보다 몸집이 작은 쥐나 다람쥐 같은 동물들조차 마치 어린아이 부르듯이 "토끼야, 토끼야" 하며 함부로 이름을 불러 대곤 했다.

그렇게 평생 남에게 무시만 당하며 살았는데, 갑자기 누군가가 '생원'이라고 존대해 주는 것을 듣고는 아주 좋아서 죽을 지경이다. 깡충깡충 뛰어오며 촐랑거린다.

"거기 계신 분은 누구시오, 나를 찾는 분이 누구시오? 무슨 일로 나를 찾으시오? 바둑 친구 찾으시나, 술친구를 찾으시나? 보름밤에 달구경 가자고 찾으시나, 뱃놀이 가자고 찾으시나? 살아가는 지혜를 물으신다면 부귀영화도 하늘의 뜬구름처럼 덧없다는 걸 알려 주고, 지나간 역사를 물으신다면 상전벽해桑田碧海, 세상은 하루가 다르게 변해 간다고 일러 주겠네."

입에서 나오는 대로 주워섬기며 이쪽으로 폴짝 저쪽으로 팔짝 촐싹대며 뛰어온다.

의뭉한 자라는 토끼가 어떻게 하는지 보려고 일부러 숨는데 어디 다른 데 숨을 필요도 없다. 제자리에서 목만 쏙 집어넣고 가만히 엎드려 있으니 감쪽같다. 토끼가 가까이 와 보니 아무도 없고 웬 돌덩이 하나뿐이다. 토끼가 의아해서 혼잣말을 한다.

"이것이 무엇인고?"

혼자서 묻고 또 혼자서 대답한다.

"마른 쇠똥인가? 아니면 깨진 솥단지인가? 이 산속에 저런 것이 어찌 저리도 묘하게 엎어져 있나?"

이 궁리 저 궁리 하다가 퍼뜩 한 생각이 떠올라서 겁이 덜컥 난다.

"아이고 큰일이다. 사냥꾼이 화약통을 끌러 놓고 똥 누러 갔나 보다. 이럴 땐 삼십육계 줄행랑이 최고지."

토끼는 제풀에 겁이 나서 앞뒤 돌아보지 않고 깡충깡충 달아난다.

자라가 생각하니 이거 큰일이다. 그냥 있다가는 저 방정맞은 것이 동서남북 어디로 튈지 모르겠다. 간신히 찾아낸 토끼를 이대로 놓친다면 그동안의 고생이 말짱 도루묵 아닌가. 슬그머니 고개를 쳐들고 다시 한 번 크게 부른다.

"여보시오, 토 생원."

토끼는 그 소리에 부쩍 더 의심이 일어난다.

"또 누가 나를 부르나, 이상하다 이상해."

이번에는 뛰지 않고 아장아장 천천히 걸어온다. 가까이 다가와서 자라를 보니 아까는 없던 모가지가 돌담 틈으로 기어 나오는 뱀처럼 슬그머니 나온다. 그것 참, 신기하기도 하고 겁도 난다. 토끼가 가까이 오지는 못하고 멀찍이 떨어져 서서 묻는데 유식한 척 일부러 문자를 써서 묻는다.

"내가 이 산에서 생어사生於斯 유어사遊於斯 노어사老於斯 몇 해를 살았는지 모르는데 너 같은 짐승은 금시초견今時初見이다. 네가 나를 어떻게 알고 또 뭣 때문에 부르느냐?"

통역을 하면 '내가 이곳에서 태어나서 이곳에서 뛰놀며 이곳에서 늙었다. 오랫동안 여기서 살았지만 너 같은 짐승은 지금 처음 본다' 대강 이런 뜻이다.

자라 역시 일부러 문자를 써서 대답한다.

"공자님께서 유붕자원방래불역낙호有朋自遠方來不亦樂乎라 하지 않았느냐. '멀리서 친구가 찾아오니 참으로 즐겁다'는 뜻인 줄은 너도 알겠지. 그런데 멀리서 친구가 찾아와서 부르는데 가까이 오지도 않고 처음 본다고 이렇게 괄시한단 말이냐? 영 틀려먹었네."

토끼가 들어 보니 맞는 말이다. 저것이 생김새도 예사롭지가 않고 말투도 제법이다. 모른 체 넘어갈 일이 아닌 것 같아서 옆으로 다가와 앉아서 묻는다.

"댁은 누구시오?"

"나는 수궁에서 주부 벼슬을 하고 있는 자라라 하오."

"산과 물은 서로 달라서 도저히 닿지 못할 먼 곳인데 수궁의 벼슬아치가 이 깊은 산까지 뭐하러 왔소?"

"옛날 신선들은 아침에는 북쪽 바다에서 놀다가 저녁에는 남쪽 산에 가서 잔다고 했소. 못 갈 데가 어디 있겠소. 우리 용왕님은 물속 세계를 다스리며 하루에도 수만 가지 일을 처리해야 하오. 그런데 물속에는 재주 있는 신하가 없어서 용왕님을 제대로 도와드리지 못한다오. 그래서 용왕님 분부를 받아 훌륭한 이를 찾으러 뭍으로 나왔는데 천하에 이름난 산을 모조리 헤매고 다니며 샅샅이 찾아보았지만 아직 적당한 분을 찾지 못했소. 그러다가 오늘 우연히 산속 동물들의 모임을 보게 되었소. 내가 가만히 엎드려서 모든 짐승을 자세히 관찰해 보니 우리 용왕님을 도와서 넓디넓은 물속 세상을 다스릴 만한 이는 호랑이도 아니요 곰도 아니요 오직 선생 하나뿐이었소. 그래서 선생을 모셔 가려고 따라

왔으니 나하고 함께 용궁으로 갑시다."

토끼 처지로는 분에 넘치는 칭찬이다. 고맙기도 하지만 제 능력을 생각하면 도무지 믿기지가 않는다. 그래서 다짐하듯이 묻는다.

"나를 어찌 보고 곰보다 낫고 호랑이보다 뛰어나다고 하시오?"

자라가 기다렸다는 듯이 대답한다.

"곰은 몸집이 크지만 눈이 작고 온몸에 털이 덮여 있어서 태양의 정기가 부족하오. 그러니 미련해서 쓸모가 없소. 호랑이는 용맹하지만 코가 짧고 콧마루가 없어서 얼굴이 움푹 꺼졌소. 명이 짧을 상이지요. 그러니 어찌 쓸 수 있겠소. 선생 생김새를 보면 임금을 도와 태평한 세상을 만들 수 있는 훌륭한 재상감이오. 또한 나라에 전쟁 같은 어려운 일이 생기면 기묘한 계책을 내어 나라를 구할 수 있는 영웅의 상이오. 눈이 밝으니 총명하여 하늘과 땅의 이치를 자세히 알 것이고, 몸은 작지만 발이 빠르니 산을 넘고 물도 건너뛰어 달아나면 아무도 따라가지 못할 것이오. 거침없는 말솜씨는 전국시대戰國時代에 끊임없이 전쟁을 벌이던 여섯 나라의 임금을 설득하여 동맹을 맺게 한 소진蘇秦이 생각나고, 가끔씩 조는 모습에선 남양南陽에서 낮잠을 즐기던 제갈공명의 재주가 떠오른다오. 귀티 나는 모습이 높은 벼슬자리에 딱 알맞으니 볼수록 산속 동물 중에서는 선생 인물이 제일이오. 우리 수궁에 가신다면 틀림없이 정승이나 대장군이 되어 부귀공명을 누릴 것이오."

토끼가 들어 보니 자라의 말이 제 생김새와 영락없이 들어맞는다. 하지만 생김새는 그렇다고 하더라도 글공부를 하지 못했으니 물속 나라에 글솜씨 뛰어난 이가 있으면 곤란할 것 같다. 그래서 묻는다.

"수궁의 신하 중에 글 잘하는 이가 얼마나 되오?"

"수궁에는 그런 이가 없소이다. 오죽했으면 영덕전을 지을 때 인간 세상까지 나와서 여선문余善文(『전등신화剪燈新話』에 나오는 인물로 수궁의 상량문을 지었다고 함)을 모셔다가 상량문을 지었겠소?"

들어 보니 공부 못한 건 걱정하지 않아도 되겠다. 그런데 이번에는 작은 키가 걱정이다.

"수궁에 키 큰 신하가 있소?"

"영덕전에 대들보를 올리려고 키 큰 신하를 고르는데 결국 내가 뽑혔지요. 그리 큰 수궁에서 키는 내가 제일 크다오. 선생이 들어가면 아마도 키다리가 들어왔다고 모두 깜짝 놀랄 것이오."

# 토끼와 자라의 밀고 당기기

　토끼가 들어 보니 자신이 썩 잘난 것도 같다. 옛날부터 인재를 고를 때는 신언서판身言書判, 생김새와 말솜씨, 글재주, 판단력을 보고 뽑았다. 넓은 포부와 뛰어난 말솜씨는 내가 충분히 갖추었고, 더욱이 수궁에는 글 잘하는 신하도 없고 키 큰 신하도 없다고 하니 어느 조건으로 봐도 꿀릴 데가 없다. 하지만 정든 고향 산을 떠난다는 것이 선뜻 내키지만은 않아서 짐짓 사양해 본다.

　"주부와 함께 가면 좋기는 하겠지요. 그렇지만 이 산의 좋은 풍경 속에서 마음껏 뛰어다니는 즐거운 생활을 어찌 잊을 수 있겠소? 나는 안 가려오."

　"산속 생활이 그리도 좋으시오? 여기가 그렇게 좋다면 나도 수궁으로 돌아가지 않고 여기서 살 테니 자세히 말씀해 보시오."

소갈머리 없는 토끼가 자라를 속여 먹을 생각에 산속의 경치와 풍경을 자랑하는데 온통 거짓말이다.

"봄이 오면 온 산에 꽃이 피어 그림 병풍을 둘러친 듯 경치가 그만이지요. 그 속에서 꾀꼬리는 노래하고 나비는 춤을 추니 놀기도 좋은 데다가 꽃놀이하며 바람 쐬는 사람들 따라가 구경하는 것도 한 가지 재미라오. 봄이 점점 깊어지면 나무마다 잎이 무성해져 온 산이 초록빛에 덮이는데 그 빛깔이 꽃보다 더 화려하지요. 그런 시절 돌아오면 귀한 집 자제들이 산으로 들로 소풍 다니는 것도 구경하고, 늘어진 버들가지에 그네 타고 노는 처녀들의 울긋불긋한 옷차림도 볼만하답니다. 한여름 무더울 때는 높은 봉우리에서 피어오르는 흰 구름 보며 바위틈 맑은 계곡에서 더위 피해 목욕하는 사람들 구경도 하고, 한여름 다 지나고 서늘한 바람 불어와서 맑은 이슬이 서리되어 맺힐 때는 단풍 든 나뭇잎이 봄꽃보다 더 붉지요. 음력으로 9월 9일에는 국화주 마시는 잔치를 구경하고, 온 산에서 노래하던 새들이 따뜻한 곳을 찾아 떠나고 흰 눈이 산을 덮는 한겨울에는 눈 속에 핀 매화 보며 나 혼자 즐기는 겨울 산의 정취가 또 일품이랍니다. 사시사철 쉼 없이 변하는 좋은 경치를 계절 따라 구경하며 푸른 산 맑은 물 임자 없는 자연이 내 집이요, 맑은 바람 쐬고 달구경하는 데 돈 내는 것도 아니니 바람도 달도 내가 주인이지요. 이리 좋은 산속에서 바위틈 굴에 살고 있으니 태평성대가 따로 없지요. 이토록 편하게 살아도 시비 거는 이 하나 없으니 이 즐거움을 누가 빼앗아 가겠소. 수궁이 아무리 좋다 해도 집 떠나면 고생이지, 나는 안 가겠소. 남쪽의 유자나무를 북쪽 지방에 옮겨 심으면 탱자가 된

단 말도 있으니 나는 안 갈라네."

속 좁은 토끼는 한번 추어주니 짧은 소견에 멋모르고 거만해져서 한껏 뽐을 낸다.

자라가 듣고 있으려니 기가 막힌다. 저놈의 기를 꺾어 놓아야겠다고 생각하여 슬며시 딴청 피우듯 묻는다.

"여보시오, 토 선생, 말씀 다 하셨소?"

"예, 다 하였소."

"허풍도 어지간하시오. 산바람이 바닷바람보다 훨씬 세긴 센가 보오. 귀가 시려서 못 듣겠소. 내가 물속에 산다고 산속 일을 모를 줄 알고 그렇게 부풀려서 말하시오? 당신의 처량한 신세를 내가 낱낱이 말할 테니 들어 보시겠소?"

"말씀하시오."

"겨울이 돌아와서 이 산 저 산 수많은 봉우리에서 찬바람이 씽씽 불어오고 골짜기마다 눈이 쌓이면 땅에는 풀이 없고 나무에는 열매가 없으니 사방을 둘러봐도 먹을 것이라곤 없지요. 어둠침침한 바위틈에서 며칠 동안 굶어서 주린 배를 틀어쥐고 혼자 웅크리고 있을 때 그 신세 오죽이나 처량할까. 적에게 사로잡힌 포로 신세만도 못할 텐데 무슨 정신에 눈을 구경하고 매화를 감상하겠소. 겨울이 지나가고 이삼월이 돌아와서 눈이 녹으면 풀도 나고 꽃도 피겠지요. 이제는 살았다 싶어 겨우내 굶주린 배를 채우려고 이 골짜기 저 골짜기 찾아다니지만 그때라고 어디 마음대로 배를 채울 수나 있겠소. 가는 곳마다 토끼 잡는 그물이 쳐져 있고 씩씩한 사냥꾼들이 '저기 저 토끼 잡아라' 소리치며 날랜 걸음으로 에워싸고 쫓아오니 짧은 꽁지 사타구니에 처박고 동서남북을 살필 새도 없이 걸음아 날 살려라, 코에 단내가 풀풀 나도록 달아나기 바쁘겠지. 간신히 숨을 돌릴 때쯤 느닷없이 공중에 높이 뜬 독수리가 쌩하니 날아 내려서 떡하니 앞을 막으니 기가 막힐 노릇 아니오. 적벽대전赤壁大戰에서 제갈공명의 불화살 공격을 피해서 간신히 목숨을 건지고 허겁지겁 달아나다가 화용도華容道 좁은 길목에서 관운장關雲長 만난 조조曹操 꼴이 그럴까, 어느 겨를 무슨 경황에 바람을 쐬고 꽃구경을 하겠나. 여름에는 그 신세가 또 어떻소? 풀은 길게 자라고 날은 더운데 진드기, 왕개미, 온갖 벌레가 온몸에 침을 놓지만 잡으려고 해도 손이 없으니 잡을 수 없고 휘둘러 쫓고 싶어도 꼬리가 짧으니 쫓을 수가 있나, 들볶이다가 견디지 못해 그놈들을 피해 산 밑으로 내려오면 생가지 꺾는 나무꾼과 김매던 농부들이 호미 들고 작대기 들고 이리저리 쫓아오니 호랑이 피하려다가 여우 만난 꼴이라, 무슨 정신에 그네 타는 아가씨 옷 구경을 하고 목욕하는 사람들 구경 꿈이나 꿀 수 있겠소. 칠팔월 무더위가 끝나고 가을바람 슬슬 불어오면 그럭저럭 살 만할 것이오. 나무마다 달린 열매들이 여기서 툭 저기서 툭 지천으로 떨어져 먹을 것이 풍족하고 온몸을 물어 대던 벌레도 없어 토끼에게는 일 년 중 이때가 제일 좋은 때라 할 것이오. 하지만 이때라고 그저 좋기만 할까, 봉우리마다 앉은 것은 사냥매 받쳐 든 한량패요, 골짜기마다 내달리는 것은 냄새 잘 맡는 사냥개라. 몽둥이 든 몰이꾼은 양옆에서 죄어들고 조총 든 일등 포수들은 총구에 심지 박고 길목마다 지키고 있으니 다급한 토끼 신세 하늘로 날아오를 수가 있나 땅을 파고 들어갈 수가 있나, 한목숨 부지하기도 바쁜 판에 단풍 구경 국화 구경이라니, 내 생각에는 어림없는 수작이지. 우리 수궁에 가면 이런저런 근심 걱정을 모두 털어 버리고 일 년 내내 즐겁게 지낼 수 있어요. 그래서 특별히 모셔 가려고 했는데 사주에 재앙이 들어서 망할 운이 들었는지 못 가겠다고 하시니 선생 신세만 불쌍하지 내가 어쩌겠소. 나는 사정이 급하니 그냥 가오."

자라가 인사를 하고는 뒤도 돌아보지 않고 엉금엉금 가 버린다. 그 모습에 당황한 토끼가 따라오며 말을 건다.

"여보시오, 별 주부. 성질이 어찌 그리 급하시오."

"내가 할 말은 다 했는데 뭣 때문에 부르시오? 산속에서 사계절을 실컷 즐기면서 평안히 계시오."

앙금앙금 바삐 가는데 토끼가 계속 따라오며 또 말을 건다.

"수궁에 들어가면 정말 그런 재앙이 없겠소?"

"재앙은 불인데 물이 불을 이기는 건 당연하지 않소. 어찌 그 쉬운 이치도 모른단 말이오?"

"그건 그렇지만 물속에 사는 종족들이 다른 나라에서 왔다고 괄시하면 서럽지 않겠소?"

"어찌 그리 무식하오? 사람이 어디 모두 태어난 나라에서만 살다 죽습디까? 살다 보면 자기 나라 떠나 남의 나라에 가서 출세한 사람도 얼마든지 있는데, 우리 동물 세계라고 다를 거 뭐 있겠소. 누가 괄시를 하고 누가 서럽게 하겠소. 그런 일 없을 게요."

토끼가 다시 부탁한다.

"갈 때 가더라도 산속의 친구들에게 작별 인사나 하고 갑시다."

"큰일은 여러 사람과 의논하는 게 아니라고 했소. 저마다 생각이 다르니 위험한 곳이라고 가지 말라고 말리는 이도 있을 것이요, 그것 참 좋은 일이라고 함께 가겠다고 나서는 이도 있을 테지. 길가에 집을 지으면 오가는 사람이 저마다 참견하여 삼 년이 지나도 완성하지 못한다는 옛말도 있지 않소. 여럿에게 소문내게 되면 아예 갈 수 없을 것이오."

그래도 토끼는 망설인다.

"아무리 그래도 마누라한테는 말을 하고 가야지."

"중요한 일일수록 부인과 의논하면 망하는 법이지. 수궁에 가서 출세한 뒤 쌍가마 보내서 모셔 가면 오죽이나 좋겠소?"

# 말리는 여우를 떼어 내고
## 바다로 들어가다

 

 

토끼가 묻는 말마다 자라는 이리저리 살살 둘러대며 주거니 받거니 하면서도 한 걸음씩 길을 간다. 그때 방정맞은 여우 새끼가 산모퉁이에 서 폴짝 뛰어나와서 묻는다.

"이야, 토끼야 너 어디 가니?"

"벼슬하러 수궁에 간다."

"이야아, 가지 마라."

"왜 가지 말라는 거냐?"

"물이란 게 원래 위험하단다. 물은 배를 띄우기도 하지만 배를 침몰 시키기도 하지 않더냐. 게다가 벼슬이란 게 또 이만저만 위험한 게 아 니야. 한창 승진하며 승승장구 출세하다가도 조금만 잘못하면 하루아 침에 개망신을 당하고 목숨까지 위험할 수 있어. 두 가지가 다 위험한 거야. 더구나 벼슬하려고 남의 나라에 갔다가 잘못되면 아는 이 하나 없는 데서 굶어 죽기 십상이고 잘돼 봤자 결국엔 억울하게 죽을 게 뻔해."

"억울하게 죽는다는 건 또 무슨 말이야?"

"옛날에 진시황의 신하 이사李斯는 본래 초楚나라의 명필이었는데 진나라에 가서 벼슬하여 정승까지 되었지. 하지만 끝내는 임금의 마음이 변해서 허리가 잘리는 끔찍한 형벌을 받고 죽었어. 또 오기吳起라는 사람은 전국시대 위衛나라의 장수였는데 초나라에 가서 정승이 되어 큰 공을 세웠지만 결국에는 초나라 귀족들에게 미움을 받아서 화살을 맞고 죽었단다. 너도 지금 수궁에 가면 설사 좋은 벼슬을 하더라도 결국에는 그렇게 죽을 게 뻔해. 토끼가 죽으니 여우가 운다는 옛말도 있지 않니. 우리는 이 산속에서 그런대로 정답게 지냈는데 네가 죽으면 내가 얼마나 슬프겠나, 제발 가지 마라."

듣고 보니 그럴듯하다. 토끼가 여우 말에 솔깃하여 자라에게 말한다.

"나는 못 가겠으니 당신 혼자 잘 가시오. 이 좋은 산과 흰 구름을 다 버리고 깊고 깊은 물속에 가자는 것은 가서 벼슬하라는 말일 테지요. 하지만 벼슬하면 결국은 명대로 못 살고 억울하게 죽는다는데 죽으러 그 먼 데까지 갈 수야 있겠소. 우리 착한 친구 여우가 좋은 말로 충고하는데 내가 어찌 안 듣겠소."

자라가 생각하니 다 된 일을 몹쓸 여우 놈이 방정을 떨어서 훼방을 놓았다. 슬그머니 여우와 토끼 사이에 이간질을 놓는다.

"흥, 좋은 친구 두었구려. 둘이 가서 잘 사시오. 자기에게 복이 없는

데 권한다고 되겠소."

일부러 튕기고는 뒤도 돌아보지 않고 앙금앙금 기어서 산을 내려가
니 토끼가 쫓아와서 자세히 묻는다.

"복이 없다니 그게 무슨 말이오?"

"두 분의 다정한 사이를 헐뜯는 것 같아 안됐지만 물으니 대답하겠
소. 내가 육지에 나온 지 여러 달이 되었는데, 그동안에 여우가 찾아와
서 자기를 데려가라고 부탁한 적이 있었소. 하지만 생김새는 방정맞고
심보가 아주 간교한 놈입니다. 좋을 때는 간도 쓸개도 다 빼 줄 듯이 비
위를 맞추지만 한번 토라지면 무슨 수를 써서라도 해코지할 놈이지, 그
래서 안 되겠다고 거절했소이다. 그런데 이놈이 선생을 데려간다는 걸
어떻게 알고 찾아온 것이오. 저놈이 저리 방해하는 걸 보니 선생을 떼
어놓고 제가 따라올 속셈일 것이오."

토끼가 다시 묻는다.

"그게 참말이오?"

"얼마 안 가서 탄로 날 일인데 거짓말을 왜 하겠소?"

경솔한 토끼가 대번에 곧이듣고 여우에게 욕을 한다.

"여우란 놈 하는 짓이 평생 저렇지. 어떤 놈이 와서 무슨 말을 해도
나는 선생을 따라가겠소."

둘이 함께 산을 내려와서 한참을 가다 보니 그럭저럭 바닷가에 도착
했다. 토끼가 바라보니 참으로 엄청나다. 푸른 물은 넘실대고 바다는
끝없이 펼쳐져 하늘까지 닿아 있어 어디까지가 바다이고 어디부터가
하늘인지 분간할 수도 없다. 그것을 보고 토끼가 깜짝 놀라서 묻는다.

"저게 모두 물이오?"

"그렇지요."

"저 속에서 살았소?"

"그렇소."

"콧구멍에 물이 들어갈 텐데 숨이나 쉴 수 있소?"

"그래서 내 콧구멍이 이렇게 조그만 것이오."

"내 코는 구멍이 큰데 어떻게 한단 말이오?"

"쑥을 뜯어서 막으시오."

"깊기는 얼마나 깊소?"

"우리 발목쯤이나 오는 물이오."

"무슨 그런 거짓말을 하시오? 저곳에 빠지면 한 달을 내려가도 발이 땅에 안 닿겠소."

"내가 먼저 들어갈 테니 당신은 거기 서서 참말인지 거짓말인지 보시오."

자라가 바다로 팔짝 뛰어 들어가더니 물 위에 둥실 떠서 허위허위 헤엄을 치며 말한다.

"어디가 깊소?"

토끼가 저도 안다는 듯 하하 웃으며 묻는다.

"당신 헤엄치고 있소?"

"들어와 보면 알지 않겠소."

토끼가 약은 체 일단 시험해 보려고 앞발은 언덕에 그냥 두고 뒷발만 살그머니 물에 넣어 보는데 자라가 재빨리 달려들어 토끼 뒷다리를 뎅

정 물어 채 간다. 토끼는 엉겁결에 풍덩 빠져서 바닷물을 엄청 뒤집어 썼다.

그러거나 말거나 자라는 토끼를 등에 업고 바다 위에 둥둥 떠서 물결을 헤치고 끝없이 나아간다.

토끼는 물을 흠뻑 뒤집어쓴 채 자라 등에 업혀 있으니 참 난감한 노릇이다. 달리는 호랑이 등에 업혀 있는 꼴이라, 내리고 싶어도 마음대로 내릴 수가 있나 마냥 업혀 있을 수밖에 없다. 그런데 계속 업혀 있다 보니 살이 없는 사타구니가 딱딱한 자라 등에 쓸려서 견딜 수 없이 아프다.

"여보시오, 주부 나리. 여기 어디 주막 없소?"

"주막은 무엇하게?"

"송곳이든 끌이든 적당한 연장 하나 구해서 나리 등에 말뚝처럼 박아 손잡이 만들려고 그럽니다."

자라가 성의 없이 대꾸한다.

"오래 타고 있으면 요령이 생길 것이오."

토끼는 사타구니도 아프지만 속이 메슥거려서 죽을 지경이다. 배를 처음 탄 사람처럼 멀미를 해서 속에 있는 것을 다 토해 내고 똥물까지 토하는데 자라는 능청맞게 놀린다.

"잘하고 있소. 용궁에 가면 그 배 속에 신선들이나 먹는 좋은 알약이 밤낮으로 들어갈 테니 산에서 먹은 열매 따위는 깨끗이 게워서 속을 씻어 내는 게 좋소."

"알약은 고사하고 용궁에 도착하기도 전에 가다가 죽을 지경이오."

토끼가 다 죽어 가는 소리를 하는데 자라는 계속해서 놀린다.

"그리 못 참겠으면 산으로 도로 갈까?"

그래도 토끼는 산으로 도로 가겠다는 소리는 하지 않는다. 죽을힘을 다해 참으며 한참을 가다 보니 토끼도 적응이 되어 무서운 느낌이 조금씩 가신다. 그제야 물속 풍경이 눈에 들어온다. 토끼는 스치는 물속 경치를 보고는 알고 싶어서 묻는다.

"저기 저것은 무엇이오?"

충성심으로 똘똘 뭉친 자라가 육지에 나온 지 몇 달 동안 밤낮으로 고생 고생하다가 토끼를 겨우 속여서 고국으로 돌아가는 길이다. 갈 길이 바쁜데 토끼에게 구경시켜 주려고 바다 경치를 둘러보며 가르쳐 줄 턱이 없다. 부지런히 헤엄쳐 나아가며 대충대충 얼렁뚱땅 대답한다.

"수궁에 가서 벼슬하면 남해 바다 팔천 리를 아침저녁으로 실컷 구경할 테니 꾸물대지 말고 어서 가자."

# 자라에게 속은 토끼,
## 다시 용왕을 속이다

자라가 가마꾼같이 씩씩한 걸음으로 다짜고짜 물 밑으로 내려와서 드디어 용궁의 수정문 밖에 도착했다. 문을 지키던 물고기 군사들이 자라를 보고 절하며 인사한다.

"평안히 다녀오시고, 토끼는 잡아 오셨나이까?"

"여기 함께 온 것이 토끼다. 단단히 맡아 두어라."

자라가 대답하고 문 안으로 들어가는데 토끼가 들어 보니 이건 뭔가 잘못된 게 분명하다. 슬며시 군사들에게 물어본다.

"당신네는 수궁에서 무슨 벼슬을 해 먹고 있소?"

"문 지키는 군사지요."

"수궁에서는 무엇 때문에 토끼를 잡아 왔소?"

"우리 대왕님이 병이 나셨는데 무슨 약을 써도 낫지 않고 침도 놓을 수가 없어서 하루하루 위독해져 목숨이 위태롭게 되었지요. 그때 한 신선이 오셔서 토끼 간을 잡수셔야 병이 나을 수 있다고 가르쳐 주셨소. 그래서 토끼 잡아 오라고 별 주부를 육지로 내보낸 것이오. 그나저나 당신 생각을 모르겠소. 오면 죽을 게 뻔한데 뭐가 좋다고 고향을 버리고 여기까지 따라왔소?"

토끼가 들어 보니 영락없이 죽게 생겼다. 두 눈만 끔뻑거리며 생각에 잠겨 앉아 있는데, 잠시 후 대궐 안에서 호령 소리가 크게 나더니 물속 나라의 신하들이 빠짐없이 모여들고 순식간에 깃발과 창검을 든 군사들이 늘어선다. 덩치 큰 고래와 곤어가 양옆에 떡 버티어 서고, 도롱농과 이무기는 깃발을 잡고 앞뒤에서 펄쩍펄쩍 날뛴다. 보기만 해도 주눅이 들 지경이다.

이렇게 삼엄한 분위기 속에서 토끼를 잡아들이는데 덩치 큰 그들 속에 있으니 토끼는 주먹만큼 작아 보인다. 토끼가 수정궁의 넓은 뜰에 엎드려서 생각하니 자기 신세가 넓은 바다에 떨어진 좁쌀만큼 보잘것 없다.

용왕은 그동안 병이 더욱 깊어져서 꼼짝을 못하고 있었는데, 토끼를 보고는 정신이 번쩍 들어서 창을 열어젖히고 큰 소리로 분부한다.

"나는 옥황상제의 명을 받들어 남해를 지키면서 인간에게 비를 내려 주고 물속의 생명들을 어루만져서 덕과 은혜를 널리 베풀었다. 그러다가 우연히 병이 들었는데 반드시 토끼 간을 먹어야 그러지 못하면 죽을 수밖에 없다고 하였다. 그래서 충성스런 별 주부가 너를 잡아 바쳤구나. 네 간을 꺼내 먹고 내 병이 나으면 너의 공을 내가 잊지 못할 것

이다. 너의 초상화를 그려서 오래오래 기억하고 기념관을 만들고 네 이름을 새겨서 너의 은혜를 자손만대에 전할 것이다. 네 한목숨을 바쳐서 나를 살려 낸다면 보람이 있지 않겠느냐? 그러니 조금도 서러워하지 말고 배를 썩 내밀어서 칼을 받아라."

토끼는 용왕의 말에 대답은 하지 않고 고개를 번쩍 들고 용왕을 바라보며 눈물만 뚝뚝 흘린다. 그 모습을 보니 용왕은 저것이 나 때문에 죄도 없이 죽는 것 같아 더없이 불쌍하다. 하지만 어차피 죽을 목숨, 마음이나 달래 주려고 좋은 말로 타이른다.

"서러워서 우느냐?"

"웬걸요, 죽는 건 서럽지 않습니다만 죽을 수가 없어서 우는 것입니다."

토끼의 엉뚱한 대답에 용왕은 의심이 난다.

"그게 무슨 말이냐?"

"말씀드리겠습니다. 이 토끼같이 보잘것없는 목숨이야 인간 세상에는 수도 없이 많습니다. 우리는 육지의 짐승 중에서 가장 힘없는 짐승이라 독수리 밥이 될지 사냥개 반찬이 될지 알 수 없지요. 그도 아니면 토끼그물에 걸려 죽든지 사냥꾼의 총에 맞아 죽든지 언제 어떻게 죽을지 모르는 목숨입니다. 그렇게 죽으면 내가 세상에 태어나 살았다는 것을 누가 알아주겠습니까. 그렇지만 배 속의 간을 꺼내서 대왕의 병환을 고쳐 드린다면 특별한 공을 세우지 않아도 두고두고 이름이 전해질 것입니다. 더구나 대왕께서 초상화를 그려 두고 기념관도 세워 주신다니 영광스러운 명성이 영원히 기억되겠지요. 그런데 이 방정맞은 것이 간을 안 가지고 왔으니 원통하기 짝이 없습니다."

용왕이 껄껄 웃고 말한다.

"미련한 것이로구나. 거짓말을 하더라도 그럴싸하게 해야 속아 주지 얼토당토않은 그런 말을 누가 곧이듣겠느냐? 네 몸이 여기 왔는데 배 속에 든 간을 안 가지고 왔다니 그게 무슨 말이냐?"

토끼는 대답 대신 하늘을 보고 웃기만 한다. 그것을 보고 용왕이 다시 묻는다.

"간사한 속셈을 들키니 할 말이 없어서 웃느냐?"

토끼가 그제야 대답한다.

"할 말이야 많지요. 그러나 대왕같이 높은 자리에 계신 분이 그리 무식하니 웃음이 절로 납니다. 대왕께서는 마음먹은 대로 변화를 일으켜 하늘로 날아오르기도 하고 땅속으로 들어갈 수도 있습니다. 그뿐인가요. 구름을 일으키고 비를 내리며 천지의 이치를 속속들이 다 알고 계십니다. 토끼가 간을 자유자재로 넣었다 뺐다 하는 것은 나무하는 아이들도 다 아는 일인데 대왕 같은 분이 그것을 모르시다니 어찌 그리 무식하십니까? 가득 차면 기우는 것이 하늘의 이치인데 그 이치를 주관하는 것이 달이지요. 달은 보름이 되기 전에는 차오르고 보름이 지나면 다시 기울기 때문에 달의 별명이 옥토玉兔랍니다. 또 땅에는 나아가면 다시 물러나는 이치가 있는데 그 이치를 주관하는 것이 바다의 조수潮水여서 사리 때는 바닷물이 밀려와 물이 많아지고 조금 때는 밀려나가 물이 적어집니다. 그러므로 조수를 삼토三兔라고도 부르지요. 우리 토끼 배 속의 간도 달 같고 조수 같답니다. 보름이 되기 전에는 배 속에 넣고 있다가 보름이 지나면 꺼내 두기 때문에 그 기운이 찼다가 기울고 나아 갔다 물러나기를 반복하지요. 그래서 우리 간이 약이 되는 것이지 다른 짐승들의 간처럼 항상 배 속에만 있으면 하고많은 짐승 중에 꼭 집어 토끼 간이 좋다고 할 리가 있겠습니까. 이달 십오 일에 낭야산 취옹정 에서 산속 짐승들의 모임이 있었는데 거기 가면서 간을 꺼내 파초 잎에 싸서 산꼭대기에 우뚝 선 소나무 가지에 높이 걸어 놓았지요. 간을 도 로 배 속에 넣으려면 다음 달 초하루까지 기다려야 합니다. 그런데 모 임에 갔다가 별 주부를 만나 곧바로 여기로 따라왔으니 간을 어떻게 가 져올 수 있었겠습니까?”

용왕이 들어 보니 이치가 그럴 것도 같다. 이럴 줄 알았으면 약을 알 려 준 신선에게 토끼 간에 대해 자세히 물어볼걸, 아무리 후회해도 이 제는 소용이 없는 일이다. 그래도 확인하기 위해 다시 묻는다.

“너는 손도 없는 것이 배 속에 있는 간을 어떻게 넣었다 꺼냈다 마음 대로 한단 말이냐? 또 어디로 꺼냈다가 어디로 집어넣는다는 것이냐?”

“토끼 밑구멍에는 간 나오는 구멍이 따로 있지요. 배에 힘만 주면 그 구멍으로 간이 쑥 나오고 입으로 삼키면 도로 들어갑니다.”

“정말로 간 나오는 구멍이 따로 있단 말이냐?”

“내 볼기짝에는 구멍 세 개가 있습니다. 한 구멍으로는 똥을 누고 한 구멍으로 오줌을 누고 또 한 구멍으로 간을 누지요.”

용왕이 나졸들에게 토끼 엉덩이를 살펴보라고 명령한다. 나졸들이 살펴보니 정말로 구멍 세 개가 뚫려 있다. 용왕이 비로소 토끼 말을 믿 고 묻는다.

"네 간이 없으면 내 병을 고칠 수가 없는데 어렵게 데려온 네가 간을 갖고 있지 않다니, 이것 참 큰일이구나. 어쩌면 좋겠느냐?"

"내 말을 믿으시면 나를 뭍으로 보내 주시오. 일단 산에 가면 내 간뿐 아니라 함께 걸린 다른 토끼들의 간도 많이 가져오겠습니다. 하지만 내 말을 믿지 못하신다면 나를 가둬 두고 별 주부를 내보내도 됩니다. 내가 편지를 써서 별 주부에게 주어 보내면 내 마누라가 그 편지 보고 간을 찾아 보낼 것입니다."

# 자라도 말문이 막히고
## 토끼는 목숨을 건지다

    자라가 옆에 엎드려서 용왕과 토끼가 하는 말을 들어 보니 참 억장이 무너질 노릇이다. 저놈을 여기까지 데려오기 위해 말도 못하게 고생을 했다. 더구나 저놈의 여편네는 만난 적도 없는데 어디 가서 찾겠는가. 운 좋게 찾는다고 해도 남편이 집 나간 지 한참 지났으니 그동안에 다른 데로 시집가서 새 남편과 살고 있으면 옛날 남편이야 죽든 살든 아랑곳이나 하겠는가. 더구나 배 속에 간이 없다는 말은 아무리 생각해도 믿기지가 않는다. 다른 토끼를 잡으러 다시 육지로 나가는 한이 있더라도 일단 저놈 배를 갈라 보는 게 수다 싶어 용왕께 여쭙는다.

    "토끼가 간을 넣었다 뺐다 한다는 말은 역사책에도 없고 이치에도 맞지 않습니다. 저놈 배를 갈라서 그 속에 정말로 간이 없으면 제가 다시 뭍으로 나가서 보름이 되기 전에 토끼를 잡아 올 것이니, 우선 저놈 배를 갈라 보소서."

토끼가 생각하니 용왕이 자라의 말을 들어주면 자기는 영락없이 죽을 수밖에 없다. 어떻게든 자라의 입을 막아야 한다. 토끼가 자라를 돌아보며 꾸짖는다.

"내가 네놈이 한 짓을 용왕님께 다 일러바칠까 하다가 만 리나 되는 물길을 고생하며 함께 온 정을 생각해서 참고 있었는데 네놈이 갈수록 방정을 떠는구나. 산에서 나를 처음 만났을 때가 마침 보름이어서 우리 식구 수백 명이 한꺼번에 간을 꺼내는 날이었다. 그때 네가 이런 사정을 털어놓고 말했으면 수백 개 간 중에서 약효가 좋은 것으로 여러 개 골라 주었을 것이다. 그런데 네놈은 음흉하게도 속마음은 감추고 수궁에 가서 벼슬하자고 나를 속여서 데려올 궁리만 했으니 그것부터가 잘못이었다. 그런데도 제 잘못을 반성할 줄은 모르고 이제 또 죄를 짓겠단 말이냐? 대왕의 병이 위독하니 너와 나 누구 하나는 나가서 간을 가져와야 병을 고칠 텐데 네놈은 간을 구할 생각은 하지 않고 나 죽일 꾀만 내는구나. 네놈 꼬락서니가 눈은 움푹 들어가고 다리는 짤막하며 모가지는 길쭉하고 주둥이는 뾰족한 게 어려운 일이 있으면 실컷 부려먹다가 평안해지면 배신할 상이다. 내 배를 갈랐다가 간이 없으면 어쩔테냐? 산으로 다시 가 봤자 내가 벼슬하러 수궁에 갔다는 소문이 퍼졌을 텐데 나는 안 나가고 너 혼자 다시 돌아와서 수궁에 가자고 아무리 꼬여도 어느 토끼가 너를 쳐다나 보겠느냐? 산에 사는 우리 동무들이 나를 데려가서 어디 두고 또 누구를 꾀러 왔느냐고 몹시 다그칠 게 뻔하다. 그러면 토끼는 고사하고 네놈 목숨도 건지기 어려울걸. 네까짓

놈 죽는 것이야 네가 지은 죄 때문이니 아까울 것도 없지만 대왕의 병환은 어떻게 치료하겠느냐? 도대체 생각이 있는 놈이냐 없는 놈이냐? 앞뒤 생각도 못하고 억지소리만 늘어놓는 네놈이 충신이라고? 아나 충신, 충신 좋아하네, 나라 망칠 망신이지. 나는 여기서 죽어도 억울할 게 없다. 산에 그냥 있었더라도 사냥개에게 쫓기고 독수리에게 물려서 언제 어떻게 죽을지 모르는 목숨, 그리 구차하게 죽느니 수정궁 용왕님 앞에서 신하들 둘러선 가운데 용궁의 좋은 칼로 이 배를 가른다면 그것도 영광이다. 아나, 옛다 배 갈라라, 자 배 갈라라."

토끼가 기세등등해서 왈칵왈칵 배를 내미는데 자라는 대꾸할 말이 없어서 두 눈만 까막까막하며 웅크린다. 용왕이 위에서 보니 토끼의 말이 딱딱 들어맞는다.

용왕이 조정 신하들을 둘러보며 묻는다.

"저 일을 어찌 할꼬?"

형부상서 준어가 여쭙는다.

"죄를 판단하기 어려울 때에는 가볍게 처벌하고, 벌을 내릴 때에는 죄수를 불쌍하게 여기라고 했습니다. 저 토끼는 배 속에 간이 있는지 없는지 아무래도 의심스럽지만 섣불리 배를 갈랐다가 간이 없으면 죄수를 불쌍하게 여기는 도리가 아닙니다. 배를 가르지 마소서."

병부상서 숭어가 나서서 거든다.

"좋은 미끼를 쓰면 반드시 무는 물고기가 있다고 하였습니다. 이왕 안 죽이기로 했으면 토끼 마음을 달래서 감동하게 하소서."

용왕이 그 말을 따르기로 하고, 얼굴빛을 바꾸어 짐짓 웃음을 지으며 별 주부를 꾸짖고 토끼를 한껏 높인다.

"토 선생 말씀이 틀림없다. 처음부터 털어놓고 말하지 않은 네가 몹시 미련했다. 이런 사정을 자세히 말했으면 양쪽이 모두 좋았을 게 아니냐. 하지만 지나간 일은 따지지 않을 것이니 토 선생을 부축하여 여기 높은 자리로 모셔라."

말 떨어지기가 무섭게 양옆에서 용왕을 모시고 있던 시녀들이 우르르 내려와서 토끼를 부축하여 올라간다. 토끼는 뻐기느라 원숭이처럼 앞발을 쳐들고 뒷발로 종종걸음을 치며 올라간다. 토끼가 용왕의 옆으로 올라가니 벌써 자리가 따로 마련되어 있다. 토끼가 네 발을 모으고 쪼그려 앉으니 용왕이 새삼스럽게 다시 인사를 한다.

"물과 뭍이 비록 다르지만 높은 명성은 옛날부터 익히 들어 왔소이다. 한번 찾아뵙고 싶었는데 내가 가지 못하고 이 수궁까지 직접 오시게 하였으니 참으로 미안하오."

토끼가 거드럭대며 대답한다.

"명성이랄 거까지야 뭐 있겠소. 허나 어떤 신선이 내 이름을 말했는지 참으로 뜻밖이오."

"아까는 우리가 모르고 한 일이니 마음에 담아 두지 마시오."

"하마터면 죽을 뻔한 목숨이 대왕 덕분에 살아났는데 무슨 유감이 있겠소."

"선생 간이 그렇게 좋아서 죽을 사람도 살릴 수 있다고 하니 인간 세상에서도 선생 간을 먹고 효험 본 이가 더러 있겠소이다."

"끔찍이 많지요. 인간 세상에서도 제일 어려운 것이 신선 되는 공부인데, 토끼 간에 고인 물을 먹지 못하고는 성공을 못하지요. 안기생安期生이나 적송자赤松子 같은 이름난 신선들이 모두 우리 집안의 제자랍니다. 그들은 우리 선조들의 간을 쌌던 풀을 얻어먹고 신선이 되어서 죽지 않게 되었답니다. 그래서 지금도 그 후손들이 철마다 좋은 과일을 바친다오."

"허, 그럼 선생은 왜 신선이 되지 않고 산속에 묻혀 살면서 독수리와 사냥꾼의 밥 노릇이나 하시오?"

"그건 또 내력이 있지요. 간은 나무의 기운을 받아야 해서 나무 열매를 안 먹으면 간에 약효가 안 생긴답니다. 백 년 동안 인간 세상에 있는 나무의 열매를 먹어야 하늘로 올라가서 신선이 될 수 있지요."

"그럼 선생은 나무 열매를 몇 해나 잡수셨소?"

"백 년 넘게 먹었지요. 그런데 하늘의 신선에도 정원이 있는데 아직 빈자리가 나지 않아서 하늘로 올라가지 못하고 산속에 남아 있어요."

"그럼 선생 간에는 약 기운이 아주 흠뻑 들었겠소."

"이를 말씀이겠소? 내 간을 꺼내는 날에는 온 산속에 향내가 진동하지요."

"선생이 뭍으로 나가서 간을 가지고 돌아오는 데 며칠이나 걸릴까?"

"물길 팔천 리는 자라가 나를 업고 밤낮 쉬지 않고 헤엄치면 나흘이면 될 것이고, 뭍에 오른 다음 간 있는 산까지 이만 리는 내가 자라를 업고 밤낮으로 달리면 사흘이 걸릴 것이오. 갈 때 이레, 올 때 이레 넉넉히 잡아서 보름이면 여유 있게 갔다 올 것이오."

# 토끼가 잔치 받고
## 수궁 신하들을 맘껏 희롱하다

　용왕이 좋아서 큰 잔치를 열어 토끼를 대접한다. 화려한 병풍을 둘러치고 수정 구슬을 엮어 만든 발을 높이 걸었다. 예부상서 문어에게 명령하여 풍악을 울리라고 하자 미리 준비해 두기라도 했던지 순식간에 대령한다. 미녀 스무 명은 잘랑거리는 방울을 들고 아름답게 춤을 추고, 소년 가수 마흔 명은 소매를 나풀거리며 맑은 목소리로 노래한다. 악어가죽으로 만든 북을 치고 소라는 피리 불고 상수湘水(강 이름)에서 온 신은 비파를 타고 하수河水(황하의 다른 이름)에서 온 여신은 깃발을 들고 박자를 맞춘다. 바다의 여신 천비天妃가 유리 술잔과 호박 술잔에 술을 따라 권하고 안주 하도록 이슬로 빚어 아홉 번을 구워 낸 알약을 옥쟁반에 받쳐서 올렸다. 흥겨운 음악이 쉴 새 없이 연주되고 술과 음식이 흘러넘쳐 갑자기 차린 잔치가 영덕전 낙성 잔치에 못지않다. 경망한 토끼

놈이 술을 실컷 마시고 술기운이 잔뜩 올라서 선녀들과 어울려 춤을 추다가 엉큼하게 말을 건다.

"수궁 식구들이 몰라서 그렇지 내 간은 고사하고 나하고 입만 맞추어도 삼사백 년은 끄떡없이 살 수 있어."

선녀들이 곧이듣고 너도나도 달려들어 토끼하고 입을 맞춘다.

온갖 장난을 다 한 뒤에 토끼가 고개 들어 영덕전 바람벽을 바라보니 여선문이 지은 상량문이 걸려 있다. 토끼가 그걸 보고 아는 체를 한다.

"저 상량문에 '동쪽을 바라보니 방장산方丈山(신선이 사는 산)과 봉래산蓬萊山(신선이 사는 산)이 지척에 있고, 서쪽을 바라보니 서왕모西王母(불사약을 가진 선녀) 놀던 약수弱水(전설 속의 강 이름)가 멀지 않다. 남쪽을 바라보니 넘실대는 큰 물결 속에 온갖 고기 모여들고, 북쪽을 바라보니 뭇별이 북극성을 중심으로 도는구나' 하였으니, 보이는 경치와 글의 내용이 신통하게도 딱 들어맞소만 그 앞의 구절은 아무래도 잘못이오. '용의 뼈를 걸어 대들보 삼았다' 하였으니 아마도 여선문은 젊은 서생이라 말을 함부로 쓴 것 같소. 이 영덕전은 용왕의 궁궐인데 '용의 뼈[龍骨]'란 두 글자는 쓸 말이 아닌 듯하오."

용왕이 깜짝 놀라서 즉시 대답한다.

"과연 옳은 말씀이오. 선생이 좋은 글자로 고쳐 주시오."

"용 용龍 자 대신에 고래 경鯨 자를 쓰면 좋겠는데 지금은 간을 가져오는 게 급하니 다녀와서 하겠소."

드디어 잔치가 끝나고 토끼가 용왕에게 작별 인사를 하니 용왕이 토끼의 비위를 맞추려고 신하들을 둘러보며 묻는다.

"토 선생의 공로는 헤아릴 수 없이 크다. 간을 가지고 돌아오신 뒤에 무슨 벼슬을 주고 어떤 상을 내려야 그 은혜를 조금이라도 갚을 수 있겠는가?"

이부상서 농어가 대답한다.

"공公·후侯·백伯·자子·남南 다섯 등급의 작위 가운에 공작公爵이 제일 높고 토 선생의 선조가 진秦 나라 때 중서령中書令 벼슬을 했습니다. 게다가 토 선생은 재주가 뛰어나서 하늘과 땅의 이치를 환히 꿰뚫어 보시니 작위는 낙양공洛陽公으로 하고 선조들이 하시던 중서령 벼슬을 주시고 천문을 담당하는 태사관太史官을 겸하게 하소서."

이에 질세라 호부상서 방어가 얼른 나서서 거든다.

"작위와 벼슬만 가지고는 토 선생의 큰 공로를 다 갚지 못할 것이니 땅을 나누어 주소서. 동정호洞庭湖 주변 칠백 리를 모두 토 선생께 주어서 그 땅에서 나는 푸른 풀과 유자를 모두 거두어들이게 하소서. 또한 해마다 인어가 짠 좋은 비단 천 필을 선물로 보내소서."

동정호는 중국 양자강揚子江 하류에 있는 넓은 호수이다. 경치가 좋아서 옛날부터 유명한 시인들이 이곳에서 놀았고, 그 부근에서는 유자가 많이 생산된다. 토끼에게는 더없이 살기 좋은 곳일 것이다.

하지만 토끼는 일부러 겸손을 떤다.

"내 간을 잡수시고 대왕의 병만 나으신다면 나는 아무래도 상관없소. 아무런 상을 받지 않아도 훌륭한 명성이 후세에 길이 전해질 것이니 나는 그것으로 만족하오. 너무 신경 쓰지 마시오."

인사를 마치고 별 주부와 함께 용궁의 문을 빠져나오니 이제는 살았구나 싶어 마음이 턱 놓인다. 그런 한편으로 슬그머니 욕심도 난다. 이왕 온 김에 물속 세상을 여기저기 골고루 구경하고 돌아가서 산에 사는 동무들에게 이야기해 주리라 생각하고 자라를 달랜다.

"올 때에는 서둘러 오느라 어디가 어딘 줄도 모른 채 만경창파를 꿈결같이 지나왔지만 오늘은 그러지 말고 내가 묻는 대로 자세히 가르쳐 다오. 그러면 너도 먹고 오래 살도록 좋은 간을 한 토막 주마."

# 다시 자라 등에 타고 육지로 나오다

자라가 생각하니 이제는 목숨이 토끼에게 달렸다. 고분고분 토끼 말을 듣는 것이 좋을 것이다. 그러마고 허락하니 토끼가 신이 나서 눈에 보이는 것마다 불쑥불쑥 물어 대고 자라는 어디서 주워들은 문자를 있는 대로 주워섬긴다.

"방금 지나온 저기 저것은 무엇이냐?"

"그 옛날 '봉황대에 봉황이 놀더니[鳳凰臺上鳳凰遊봉황대상봉황유] 봉황 떠나 대는 비고 강물만 예같이 흐른다[鳳去臺空江自流봉거대공강자류]'라고 노래한 봉황대이다."

봉황대는 누대 이름인데 중국 당唐나라의 시인 이백李白이 그곳의 경치를 보고 「등금릉봉황대登金陵鳳凰臺」라는 시를 지어서 유명해졌다. 그 봉황대가 이 바다 속에 있을 리가 없지만 자라는 아무렇게나 갖다 붙여서 설명하고 토끼도 그런가 보다 하고 따지지 않는다.

그렇게 둘은 보이는 것마다 묻고 답하고 죽이 척척 맞는다.

"저기 저건 무엇이냐?"

"당나라 시인 최호崔顥가 「황학루黃鶴樓」란 시에서 '여기 놀던 옛사람은 황학 타고 떠나고[昔人已乘黃鶴去석인이승황학거], 물안개 피는 강가에서 마음 쓸쓸해[煙波江上使人愁연파강상사인수]'라 노래했던 바로 그 황학루지."

"저기 저건?"

"「황학루」시에 '맑은 강물에 한양의 나무 그림자 또렷하고[晴川歷歷漢陽樹청천역력한양수] 앵무주에는 푸른 풀만 무성해[芳草萋萋鸚鵡洲방초처처앵무주]'라 하였지. 황학루 옆에 있으니 바로 그 앵무주인 게지."

"저기 저건?"

"당나라 시인 전기錢起가 「귀안歸雁」이란 시에서 '달밤에 스물다섯 줄 거문고 탈 때[二十五絃彈夜月이십오현탄야월], 애달픈 그 곡조 들을 수 없어 차라리 북쪽으로 날아왔다네[不勝淸怨却飛來불승청원각비래]'라 하였지. 기러기 돌아온 걸 보니 저기가 바로 소상강이지."

"저기 저건?"

"당나라 시인 왕발王勃이 「등왕각서滕王閣序」에서 '떨어지는 노을 속에 따오기 나지막이 날고[落霞與孤鶩齊飛낙여고목제비] 가을 저녁 강물이 하늘 빛에 물든다[秋水共長天一色추수공장천일색]'라고 하였지. 저기가 따오기 나는 등왕각이다."

"저기 저건?"

"당나라 시인 융욱戎昱이 「이가별호상정移家別湖上亭」이란 시에서 '오래

96

깃들여 산 꾀꼬리 나를 알아보고서[黃鸝久住渾相識황앵구주혼상식] 떠나올 때 꾀꼴꾀꼴 울어 보냈네[欲別頻啼四五聲욕별빈제사오성]'라고 한 그 호상정이다."

"저기 저건?"

"당나라 시인 장계張繼가 「풍교야박楓橋夜泊」이란 시에서 '달 지고 까마귀 울 제 서리는 찬데[月落烏啼霜滿天월락오제상만천] 고깃배 등불 보며 나그네 시름겨이 잠든다[江楓漁火對愁眠강풍어화대수면]'라고 노래했던 고소성이다."

"저기 저건?"

"조조가 제갈공명과의 결전을 앞두고 밤잠을 이루지 못하며 '달 밝아 별이 성긴 밤[月明星稀월명성희] 까마귀 까치 떼가 남쪽으로 날아왔네[烏鵲南飛오작남비]'라고 읊었지. 저기가 바로 까치 날아가는 적벽강赤壁江이다."

"저기 내려오는 저것은 무엇?"

"여선문이 수정궁 상량문에서 '강토가 얼마인지 알아보려 하였더니[要識封疆寬幾許요식봉강관기허] 대붕 날아가는 쪽빛 물결 끝나는 곳이라네[大鵬飛盡水如藍대붕비진수여람]'라고 하였지. 저것이 바로 북쪽 바다에서 남쪽 바다로 옮겨 가는 대붕이오."

"저기 앉은 저것은 무엇?"

"조선의 학자 이현보李賢輔가 지은 「어부가漁父歌」에 '부들 푸른 잎에 찬바람 불고[靑菰葉上凉風起청고엽상양풍기] 여뀌 붉은 꽃 옆에 해오라기 한가롭다[紅蓼花邊白鷺閑홍료화변백로한]'라고 한 그 해오라기지."

"저기 졸고 있는 저것은 무엇?"

"「어부가」에서 '형용하기 어려운 특별한 경치 속에[別有風流難畵處별유풍류난화처] 부평초 같은 신세를 갈매기는 알리라[綠萍身世白鷗心녹평신세백구심]'라

98

고 한 그 갈매기지.”

“저기 나는 저것은 무엇?”

“왕발이 「임고대臨高臺」란 시에서 ‘원앙새는 연못 위를 짝지어 난다[鴛鴦池上兩兩飛원앙지상양양비]’라고 한, 그 푸른 물결 헤치는 원앙이다.”

“저기 저 까만 것은 무엇?”

“당나라 시인 두보杜甫가 「강촌江村」이란 시에서 ‘들보 위의 제비는 제멋대로 들락날락[自去自來梁上燕자거자래양상연]’이라고 했던 바로 그 강남서 오는 제비다.”

“저기 가는 저것은 무엇?”

“두보의 시 「염여灩澦」에 ‘아득한 강 하늘에 새들은 짝지어 날아가고[江天漠漠鳥雙去강천막막조쌍거]’라 했지. 저건 참새다.”

하나는 묻고 하나는 대답하고 주거니 받거니 하는 동안 어느덧 넓은 바다를 다 지나서 육지에 닿았다. 땅으로 올라와서는 토끼가 앞장을 서고 자라가 뒤를 따라 기어간다.

# 자라는 용궁으로 가고
## 토끼는 산으로 돌아가다

    토끼는 분한 마음에 자라의 죄를 단단히 따지고 싶다. 그렇지만 잘못했다가 저 단단한 주둥이로 다리를 콱 물어서 도로 물로 들어가면 그것도 큰일이다. 할 수 없이 꾹꾹 눌러 참으며 그저 앞을 보고 걷기만 한다. 한참을 걸어서 바다가 안 보이는 데까지 이르렀다. 그제야 토끼는 바위 위로 냉큼 뛰어 올라가 앉아서는 자라에게 호통을 친다.

    "이놈 자라야, 네 죄를 따져 보면 죽여도 분이 안 풀리겠다. 괘씸한 놈! 만약에 용왕이 나처럼 총명하고 사리 분별을 할 줄 알았거나, 아니면 내가 너나 용왕같이 말주변이 없었다면 아까운 내 목숨이 영락없이 물속의 원통한 귀신이 되지 않았겠니. 미련한 걸로 따지면 물고기나 길짐승이나 어슷비슷하다는 말도 있지만 내가 보기엔 비늘 달린 짐승이 털 달린 짐승보다 훨씬 더 미련하구나. 배 속에 붙은 간을 어찌 넣었다 꺼냈다 마음대로 하겠느냐? 네가 한 짓을 생각하면 산속으로 잡아가서 우리 동무들 모두 모아 놓고 푹 삶아서 초고추장에 찍어서 백소주 안주 하며 한바탕 잔치라도 벌여야 속이 풀리겠다. 그러나 따지고 보면 딱히 네 죄라고만 할 수도 없겠다. 제 주인이 천하에 몹쓸 도둑놈 강도라도 제 주인을 해치는 사람을 보면 개는 덮어놓고 짖으며 달려들고, 전쟁에 서 큰 공을 세워 나라를 구한 장군도 적국의 눈으로 보면 때려죽이고 싶은 원수인 법이다. 너도 네 임금을 위해서 한 짓이니 크게 나무라지 는 않겠다. 더구나 저 넓은 바다를 네 등에 업혀 갔다 왔으니 위험한 곳 에서 함께 고생한 정을 생각해서 목숨은 살려 주겠다. 그런 줄이나 알 고 돌아가거라.”

무슨 큰 은혜나 베푸는 양 한바탕 늘어놓고 다시 덧붙인다.

“너희 용왕에게 좋은 약을 보내 주겠다고 약속했는데 점잖은 내 체면 에 약속을 어길 수야 있겠느냐? 내 똥이 열을 내리는 데 효험이 있다고 소문나서 사람들이 주워 가서 아픈 아이에게 먹이느니라. 네 용왕의 안 색을 보니 두 눈이 흐릿한 것이 얼굴에 열이 뻗쳤더라. 내 똥을 먹으면 병이 나을 테니 갖다가 먹여라.”

말을 마치기 무섭게 탄약 같은 똥을 많이도 싸 댄다. 그것을 칡 이파 리에 단단히 싸서 자라 등에 올려놓고 칡넝쿨로 감아 주니 자라가 짊어 지고 수궁으로 돌아갔다.

죽을 곳에 들어갔다가 간신히 살아서 제가 살던 데로 돌아왔으니 오 죽이나 좋을까, 토끼는 깡충깡충 뛰어가면서 제 자랑을 늘어놓는다.

“천하장사 항우는 고향 땅의 병사들을 모조리 거느리고 천하를 차지

하기 위해 유방과 싸우다가 싸움에 져서 결국 고향 땅에 돌아오지 못한 채 죽었고, 전국시대의 협객 형가荊軻는 은혜를 베풀어 준 임금의 아들을 위해 비수 한 자루 품에 품고 진시황을 죽이러 갔다가 계획이 탄로 나서 제 목숨만 잃었지. 그러나 나는 신통한 재주 덕에 아슬아슬한 순간에 말솜씨 하나로 용왕을 속여 넘기고 이 물을 도로 건너왔구나. 반갑구나 반가워, 우리 고향 반갑구나. 푸른 산과 맑은 물은 전에 보던 그대로 변함이 없구나. 흰 구름 감도는 푸른 저 봉우리는 내가 앉아서 졸던 데요, 넝쿨진 과일나무는 내가 열매 주워 먹던 데로다. 너구리 아저씨 평안하셨소, 오소리 형님 잘 계셨는가? 벼슬할 생각 제발 하지 말고 이사 갈 생각도 아예 마소. 벼슬하면 몸이 위태롭고 고향 떠나면 괄시받네. 몸에 익은 청산풍월, 낯익은 우리 동무들 밤낮으로 함께 지내며 즐깁시다."

한편 자라는 토끼 똥을 짊어지고 수궁으로 돌아갔다. 토끼 말대로 용왕이 토끼 똥을 먹고 병이 나았으므로 자라는 충신으로 추앙받고, 토끼는 신선을 따라 달나라 궁전으로 올라가서 지금까지 약을 찧고 있다고 한다.

토끼와 자라가 하찮은 짐승이지만 충성심과 뛰어난 지혜가 사람에 못지않으므로 타령을 만들어서 세상에 널리 전한다. 사람이란 이름을 달고서 토끼나 자라보다 못하면 부끄럽지 않겠는가, 부디 조심들 하시오.

# 구토龜兎 설화에서 소설이 되기까지

　『토끼전』은 자라와 토끼 등 동물을 의인화한 우화소설이고 판소리계 소설입니다. 판소리계 소설이란 소리와 노래로 구성되어 창자唱者의 입으로 전해지던 판소리의 내용이 소설로 정착한 것을 말합니다. 조선 후기에 발전한 판소리 중에서 소설로 발전하여 지금까지 전해지는 작품으로는 『토끼전』과 함께 『춘향전』, 『심청전』, 『흥부전』 등이 대표적입니다.

　『토끼전』의 모티브가 된 것은 『삼국사기』의 「김유신열전金庾信列傳」에 나오는 구토 설화, 곧 토끼와 거북의 이야기입니다. 이 이야기가 입에서 입으로 전해지다가 판소리 사설로 채택되고 판소리 대본을 기록한 '창본唱本'의 과정을 거쳐서 소설로 발전했다고 생각됩니다. 잠깐 『삼국사기』에 실려 있는 토끼와 거북 이야기를 살펴보겠습니다.

　신라 선덕여왕 11년 백제가 신라를 침략했습니다. 신라는 이 싸움에서 몇 개의 성城을 빼앗겼고, 나중에 무열왕武烈王이 되는 김춘추金春秋의 딸과 사위가 목숨을 잃었습니다. 김춘추는 백제에 복수하려고 도움을 청하기 위해 혼자서 고구려를 찾아갑니다. 이때 김유신은 김춘추가 60일 안에 돌아오지 않으면 구하러 가겠다고 약속합니다. 하지만 고구려 왕은 김춘추가 뛰어난 인물임을 알아보고 그를 제거하기 위해 아주 곤란한 제안을 합니다. 전에 신라가 고구려의 성을 빼앗아 간 적이 있는데 그것을 내놓으라고 요구한 것이지요. 김춘추는 "국가의 영토는 신하가 마음대로 할 수 없으니 왕의 명령에 따를 수 없습니다"라고 대답했습니다. 분노한 고구려 왕이 김춘추를 죽일 생각으로 감옥에 가두어 두었습니다. 이때 고구려의 신하 한 사람이 김춘추를 찾아와 토끼와 거북의 설화를 들려주었습니다.

"옛날 동해 용왕의 딸이 심장병에 걸렸는데 의원이 토끼 간으로 약을 지어 먹으면 고칠 수 있다고 했지요. 바다에 토끼가 없어서 고민하고 있을 때 거북이가 토끼를 구해 오겠다고 자청했습니다. 육지로 나온 거북이가 토끼를 만나 '바다 가운데 살기 좋은 섬이 있으니 가기만 하면 아무 걱정 없이 살 수 있다'라고 꾀어서 토끼를 업고 바다로 들어갔습니다. 한참 헤엄쳐 육지에서 어느 정도 멀어졌을 때 거북이가 사실을 털어놓았지요. 그러자 토끼가 대답했습니다. '나는 천지신명의 후예라서 오장을 꺼내 씻어 다시 배 속에 넣곤 한다. 며칠 전에 속이 불편해서 간과 심장을 꺼내 씻어 바위에 널어 두었는데 네 말을 듣고 바로 오는 바람에 간을 가져오지 않았다. 다시 돌아가면 너는 간을 구할 수 있고 나는 간이 없어도 살 수 있으니 서로 좋지 않겠느냐?' 거북이가 그 말을 곧이듣고 다시 육지로 돌아갔지요. 하지만 토끼는 육지에 닿자마자 곧바로 풀숲으로 달아나서는 '이 미련한 놈아, 간을 빼놓고도 살 수 있는 짐승이 어디 있더냐?'라며 거북이를 조롱했답니다."

김춘추는 그 이야기를 듣고 깨달아 고구려 왕에게 편지를 보냈습니다. "제가 귀국하면 우리 왕에게 말씀드려서 고구려의 영토를 돌려 드리도록 하겠습니다." 고구려 왕은 그 말을 믿고 김춘추를 풀어 주었습니다. 김춘추는 국경까지

와서는 자신을 전송하기 위해 함께 온 고구려 신하에게 "영토는 신하가 마음대로 할 수 있는 게 아니다. 고구려 왕에게 보낸 편지는 죽음을 피하기 위해 둘러댄 것일 뿐이다"라고 하고는 마중 나온 김유신을 만나 무사히 신라로 돌아왔습니다.

짧고 내용도 간단한 이야기입니다. 이것이 입에서 입으로 전해지면서 여러 가지 요소가 덧붙어 내용이 풍성해지고 구성도 복잡해졌습니다. 그러다 판소리의 소재로 채택되고 소설로 발전한 것입니다.

## ※ 토끼와 거북 이야기의 매력

앞에 말한 『삼국사기』를 비롯한 옛 문헌에는 수많은 설화가 나옵니다. 하지만 많은 설화가 흐지부지 사라지거나 단순한 설화 자체로 남아 있고, 본래의 이야기에 새로운 요소들이 더해져 풍성한 줄거리를 가진 작품으로 발전한 것은 그리 많지 않습니다. 그런데 이 토끼와 거북 이야기는 살아남았고 긴 이야기로 확대 재생산되었습니다. 그럴 수 있었던 것은 이야기 자체에 사람을 끌어들이는 매력이 있기 때문일 것입니다. 구체적으로 어떤 매력을 느끼는지는 사람마다 다를 수 있습니다.

꼼짝없이 죽을 수밖에 없는 상황에서 기발한 생각으로 목숨을 건진 토끼의 기지에 감탄했을 수도 있습니다. 토끼를 속이려다가 반대로 토끼에게 당하는 거북의 모습에서 제 꾀에 속아 넘어가는 사기꾼의 말로를 보는 것 같은 쾌감을 느낄 수도 있었을 것입니다. 어쩌면 주인공이 사람이 아닌 동물이기 때문에 이 이야기에 빗대어 자신들을 착취하고 억압하는 권력자에 대한 불만을 표현하고 골려 주며 대리 만족을 얻을 수 있었는지도 모릅니다. 무엇 때문이라고 단정할 수는 없지만 듣는 사람의 마음을 움직인 이야기의 힘이 있었던 것만은 분명합니다.

그랬기에 오랜 세월 동안 생명력을 잃지 않고 전해질 수 있었을 것입니다.

사람들은 이 이야기를 전하면서 나름대로 자신의 상상을 덧붙입니다. 용궁이라는 공간을 만들어 내고 용왕과 그의 신하들을 등장시킵니다. 용왕과 신하들의 말과 행동은 현실 세계에 실존하는 임금과 권력자들의 모습에서 따왔을 것입니다. 토끼가 사는 산속의 세상도 만들어 냅니다. 그곳에도 힘센 동물과 약한 동물이 있어 작고 약한 동물은 힘센 동물의 먹이로 자식을 바치면서도 억울함을 내색조차 못 합니다. 늘 권력자들에게 핍박받지만 하소연할 곳조차 없는 서민들의 억울한 심정이 투영되는 것입니다.

토끼는 산속의 작은 동물들 중에서도 가장 약한 부류입니다. 그런 토끼가 자라의 감언이설에 속아 권력의 최상층에 있는 용왕 앞에 잡혀갑니다. 현실에서라면 영락없이 목숨을 잃었겠지만 이야기 속에서는 다릅니다. 청산유수 같은 말솜씨로 용왕을 멋지게 속여 넘기고 용궁의 신하들을 마음껏 우롱한 다음 용궁을 탈출하여 자기가 살던 산으로 무사히 돌아오는 것이지요.

이렇게 각색된 이야기가 판소리로 불립니다. 북장단에 맞추어 랩을 하듯 빠르게 이어지는 사설에 중간중간 흥겨운 창도 곁들입니다. 듣는 사람은 이야기에 빠져들고 관중의 반응에 창자도 더욱 흥이 올라서 본래 없던 내용을 슬쩍 집어넣기도 하고 지적 흥미를 위해 제법 고상한 문자를 동원하기도 합니다. 그렇게 끼워 넣다 보면 얼토당토않은 내용이 들어가기도 합니다.

용왕은 토끼 구하러 갈 신하를 고르면서 올챙이를 보내 볼까 생각합니다. 하지만 올챙이는 민물에 사는 생물이니 바다 속에 있을 수가 없습니다. 용궁의 신하 중 '대사마 곤어'가 나옵니다. 대사마는 지금의 국방부 장관에 해당하는 벼슬이고 곤어는 『장자莊子』에 나오는 상상의 동물입니다. 산속 동물들의 모임에 잠깐 등장하는 기린 역시 성인이 다스리는 태평성대에나 나타난다는 상상의 동물입니다. 이런 동물들이 아무렇지도 않게 등장합니다. 상식적으로 도저히 있을 수 없는 일이지만 부르는 사람도 듣는 사람도 그런 건 따지지 않습니다.

또 자라가 토끼에게 바다 속 풍경을 설명하는 대목에서는 바다와는 전혀 상관없는 한시漢詩들을 읊어 댑니다. 지금의 우리로서는 해석하기도 어려운 한문 구절을 그대로 말하는데 워낙 유명한 작품들이므로 그 당시에는 공부를 하지 않은 서민들도 한 번쯤은 들었을지 모릅니다. 물론 아예 듣지 못한 것이라도 그만입니다. 소리하는 현장의 분위기와 이야기 흐름 속에 녹아들면 그것으로 충분합니다. 이렇게 어려운 한문 문장이나 시들이 불쑥 들어가는 것은 대부분의 판소리계 소설들에서 공통적으로 나타납니다. 그것이 판소리계 소설을 읽을 때의 어려운 점이면서 동시에 재미있는 점이기도 합니다.

## ❋ 다양한 이본과 결말

문헌설화가 구전설화로 발전하고 그것이 판소리의 소재로 채택되며 공연 대본이라 할 수 있는 창본의 단계를 거쳐 소설로 정착하는 것이 판소리계 소설의 일반적인 발전 과정입니다. 그것은 누구 한 사람의 창작이 아니라 오랫동안 여러 사람의 상상력이 합쳐져 완성된 공동 작품이라 할 수 있습니다. 처음에는 손으로 베껴 써서 서로 전하다가 나중에는 활자로 인쇄되어 대량생산되기에 이릅니다. 그래서 내용이 조금씩 다른 이본異本들이 존재하는 것은 판소리계 소설의 공통점입니다. 그중에서도 『토끼전』은 가장 다양한 이본이 전해지고 있습니다.

현재 전하는 이본이 70여 종이나 되며 제목도 다양합니다. 『별토가』, 『수궁가』처럼 '○○가'라는 제목이 붙은 것은 판소리 창본에 가까운 이본들입니다. 『별주부전』, 『토선생전』, 『토생전』, 『토처사전』, 『토공전』, 『토별전』, 『옥토전』, 『중산망월전』처럼 '○○전'이란 제목의 작품들은 소설화된 작품입니다. 또 한문으로 번역되어 『토끼전』, 『토공사』, 『토공전』 같은 제목으로 유통되기도 했습니다. 조선 후기 상업 출판이 본격화되면서 나온 방각본坊刻本 작품으로 경판본 『토생

전과 완판본『토별가』가 있고, 그 이후『불노초』,『토의간』같은 신소설도 나왔습니다. 다양한 제목만큼 이본에 따라 내용도 조금씩 다릅니다. 용왕이 약을 기다리다가 병이 깊어져 죽는 결말이 있는가 하면 신선이 나타나 약을 주어 용왕이 살아나는 결말도 있으며 토끼 간을 구하려 했던 자신의 어리석음을 반성하고 태자에게 왕위를 물려준다는 결말도 있습니다. 자라와 토끼의 뒷이야기도 다양합니다. 자라가 약을 구하지 못해 용궁으로 돌아가지 못하는 것으로 끝나는 이본도 있고 용궁으로 돌아가는 이본도 있습니다. 토끼 역시 본래 살던 곳으로 돌아와 행복하게 살기도 하고, 혹은 또다시 다른 맹수에게 쫓겨 불행하게 끝나기도 합니다. 이처럼 각기 다른 이야기가 생기는 것은 그때그때 전하는 사람의 바람이 반영되기 때문입니다.

이 책은 여러 이본 중에서 완판본『토별가』를 대본으로 하였습니다. 완판본은 신재효申在孝(1812~1884)가 정리한 판소리 대본을 거의 그대로 활자화한 것입니다. 신재효는 조선 말기의 판소리 이론가이며 개작자로서『춘향가』,『심청가』,『박타령』,『토별가』,『적벽가』,『변강쇠가』의 판소리 여섯 마당을 체계적으로 개작해 정리한 인물입니다.

가능한 한 원문의 내용을 충실히 따르고자 했지만 지금은 쓰이지 않는 옛말이나 어려운 낱말들은 주석 없이 본문 속에서 풀이하는 방식을 채택했습니다. 작품 속에 등장하는 인물들에 대해서도 따로 주석을 붙이지 않았는데 그런 것을 일일이 따지지 않아도 글 전체를 읽어 나가는 데 문제가 되지 않는다고 생각해서입니다. 어떤 단어 하나, 인물 한 사람에 대한 구체적인 정보보다는 전체의 흐름과 주제에 집중해 주기를 바라는 마음에서입니다.

『토끼전』은 다른 판소리계 소설과 마찬가지로 오랜 시간 많은 사람의 상상과 현실 인식, 그리고 소망이 집약된 결과물입니다. 비록 어느 시점에서 활자로 정착되어 전해지지만 그것이 완성된 작품이라고 할 수는 없습니다. 읽는 사람이 작품 속 누군가에게서 자신의 모습을, 혹은 현실에서 만나는 누군가의 모습을 보게 된다면 그때부터 그 사람을 중심으로 작품은 또 다르게 발전되어 갈 수 있습니다. 이 작품을 통해 무엇을 느끼고 얻으며, 또 어떤 이야기를 더 넣을지는 읽는 사람의 몫일 것입니다. 21세기의 상황을 투영한 새로운 『토끼전』이 등장하기를 설레는 마음으로 기다려 봅니다.